Lea - Lina Oppermann

**Lo que pensamos,
lo que hicimos**

Para Leif

Título del original: *Was wir dachten, was wir taten*
Traducción de L. Rodríguez López

© 2017 Beltz & Gelberg
in der Verlagsgruppe Beltz - Weinheim Basel
© 2018 para España y el español: Lóguez Ediciones
37900 Santa Marta de Tormes (Salamanca)
www.loguezediciones.es
© Cubierta de Marion Blomeyer/Lowly Paper, Munich
ISBN: 978-84-948183-8-7
Depósito legal: S 424-2018
Impreso en España

Todos los derechos reservados.
Queda rigurosamente prohibida sin autorización por escrito del editor cualquier forma de reproducción, distribución, comunicación pública o transformación de esta obra, que será sometida a las sanciones establecidas por la ley. Pueden dirigirse a CEDRO (Centro Español de Derechos Reprográficos) si necesitan fotocopiar o escanear algún fragmento de esta obra (www.conlicencia.com Tfnos. 91 308 63 30 - 93 272 04 47).

LEA - LINA OPPERMANN

LO QUE PENSAMOS, LO QUE HICIMOS

Lóguez

Nosotros te contaremos lo que verdaderamente sucedió.
Ese día. En aquellos 143 minutos.
Nosotros te contaremos lo que verdaderamente sucedió.

Puede ser que te cambie.
Puede ser que te deje indiferente.
Puede ser que tú ya lo hayas oído, en televisión
o en otros titulares de los medios.
Fueron muchos los reporteros que informaron,
hicieron fotos y hablaron con el director…
Si así fuera, olvídalo, nada es cierto.

Nosotros te contaremos lo que
verdaderamente sucedió.
Nosotros estábamos allí.

Mark Winter   Fiona Nikolaus   A. Filler

—Se ha presentado una situación de emergencia.
Por favor, mantengan la calma.
Váyanse inmediatamente a un espacio cerrado
y esperen nuevas instrucciones.

MARK

Cuando, de pronto, retumbó el altavoz, me encontraba a punto de mandarlo todo a paseo.

La indicación por el altavoz fue mi salvación. Mientras todos los demás miraban perplejos al techo, yo aproveché la oportunidad para copiar de Súper el tercer ejercicio. Súper es Sylvester, el ídolo de las chicas y crack en matemáticas. Súper lo hace posible.

Por el rabillo del ojo, vi cómo el señor Filler fijaba su mirada en mi dirección. Un azor de pico afilado se preparaba para lanzarse sobre mí.

Mierda, pensé, pese a haberme esforzado tanto en elegir el sitio. En los exámenes, hay que posicionarse favorablemente; lo mejor, atrás del todo, cerca de la entrada. Rápido, hice como si estuviera pensando en mis propios cálculos.

—Mark.

Me sobresalté. Me había descubierto. Cero, fuera. Se acabó.

—¡Mark Winter! ¿Puedes, por favor, cerrar con llave la puerta?

Solamente ahora levanté la mirada de mis completamente absurdos garabatos.

—¿Qué?

—¡Cierra de una vez con llave la maldita puerta!

No estaba seguro de que mi cerebro, atormentado por las matemáticas, no me hubiera jugado una mala pasada. ¿Había dicho, efectivamente, aquello el señor Filler?

En lugar de mirar hacia el altavoz, ahora todos me miraban fijamente, a mí.

—¡Cierra de una vez la puerta, idiota! —exclamó Sylvester.

—¡Rápido! —ordenó el señor Filler.

Me levanté. Di los dos pasos hasta la puerta. Giré dos veces la llave.

—¿Así?

El señor Filler asintió respirando pesadamente. —En este momento, no podemos hacer nada más.

FIONA

Para mí, el señor Filler seguía siendo el único y especial profesor de mates. El hombre en *jeans* y americana azul oscura que jamás se sentaba durante la clase y que tampoco iba de un lado a otro de la tarima. Sencillamente, el señor Filler se mantenía inmóvil, con ambas piernas apoyadas firmemente en el suelo. Como un astro de la pantalla que interpreta el papel de un soldado.

En las primeras semanas, en nuestra clase no había habido ninguna pregunta tan urgente como si llevaba hombreras o no y si se teñiría el pelo. Rubio. Rubio con ojos azules y sin hombreras. Ese era el señor Filler. Nunca se me hubiera pasado por la cabeza ni un segundo que él no fuera capaz de dominar una situación. ¡El señor Filler y miedo, eso era algo imposible!

Pero estaba sentada en la primera fila y te puedo jurar que él tenía algo de canguelo. —Señor Filler, ¿esta alarma es de amok*? —preguntó Ida-Sophie. Sus rizos se bamboleaban arriba y abajo. Eran rizos de sacacorchos, nada de mullidos nidos de peluca.

Alarma de amok. Con qué naturalidad lo había pronunciado, como si se tratara de un error en el parte de guardia.

Alarma de amok.

Una sensación de malestar se extendió entre nosotros, nos envolvió como una nube densa. Vi cómo el capuchón de mi pluma rodaba hacia el borde de la mesa sin que yo lo retuviera. Escuché atentamente el rodar sobre la mesa y percibí cómo el señor Filler se convulsionaba con el ruido al caer.

Hay palabras que no tienen nada que ver con cómo las pronuncias. Es suficiente con que lo hagas.

—Bien, no hay motivo para temer lo peor. —El señor Filler intentaba que su voz sonara segura, como siempre—. Un problema de seguridad que puede ser cualquier cosa. —Pasó su mano por la americana, como si quisiera quitarse el miedo de encima, como

---

* Amok: entre los malayos, ataque de locura homicida.

si fuera una pelusa. Se llevó las manos a los hombros, que no necesitaban hombreras. El señor Filler no permitiría que nos sucediera nada. Yo lo sabía.

En principio.

—Pero si fuera estuviera un atacante de amok —pregunté—, entonces se diría por el altavoz, ¿no?

El señor Filler asintió provocando un pequeño tumulto. Todos hablaban a la vez. *¿Qué, un atacante de amok? No, eso no puede ser. ¿Un verdadero atacante de amok?*

Yo reaccioné tan incrédula como el resto de la clase.

—Por favor, ¿quién iba a hacer eso? —le susurré a mi amiga Greta—. ¡En esta clase, nadie está tan loco! —Mi voz sonaba acelerada y nerviosa y en absoluto a cómo yo era.

Miré a Greta. A través de las gafas, sus ojos parecían todavía más redondos de lo que ya de por sí eran. Grandes, oscuros ojos de preocupación. *Di algo*, pensé, *venga, dame la razón. ¡No me metas miedo!*

Greta manipulaba en las patillas de sus gafas. Lo hacía siempre que pensaba o estaba nerviosa. En algunas partes, el plástico estaba ya blanco pulido. —Probablemente, no —contestó.

Probablemente. La palabra no me gustaba nada.

—Dirán de una vez qué sucede —dije—. ¡El señor Filler tiene razón: *Graves problemas de seguridad,* ¡eso podía ser cualquier cosa!

Gruesas gotas de lluvia golpeando la ventana rompían el silencio, reventaban contra los cristales como diminutos proyectiles.

—Sí —murmuró Greta—, eso puede ser cualquier cosa.

Pensé en el último recreo, los numerosos alumnos repartidos en pequeño grupos por el patio. Algunos charlando en las escalinatas, otros sobre el muro para copiar rápidamente los deberes para casa, otros detrás... Sí que había un par de tipos raros. Esos que se tiñen el pelo cada día de un color distinto o llevaban camisetas con citas de Marilyn Manson o se colocan un *piercing* en la lengua, atravesándola en ocasiones. ¿Quién podía estar tan loco para convertirse, sin más, en un atacante de amok?

—¡Señor Filler! —Mark, el idiota de la última fila, tomó la palabra—. ¿Quiere decir que no tenemos que terminar el examen?

Me reí, alto y estridentemente. ¿Hasta dónde iba a llegar aquel absurdo?

—¡Tranquilidad! —Allí estaba de nuevo. La autoridad del señor Filler. Colocó las manos en la cintura y nos focalizó a todos, uno tras otro. —Amigos, probablemente, esto no es una alarma de amok. Esperaremos juntos a más instrucciones, hasta entonces, estad tranquilos y seguid trabajando.

Suspiro generalizado.

—Estupendo —suspiró Ida-Sophie dejando que su cabeza se apoyara en el tablero de la mesa y una nube de pelos se extendiera por encima del borde—. Yo pensé que ya no teníamos que seguir haciendo mates... —Atrapó uno de los rizos de su frente y bostezó.

No me caía especialmente bien, posiblemente porque era muy guapa. No me entendáis mal, yo no tengo nada en contra de la gente guapa. Solamente contra las que *saben* que son guapas, e Ida-Sophie lo sabía muy bien.

—¿Creéis verdaderamente que alguien puede venir a por nosotros? —preguntó Tamara con cuidado—. ¿Alguien con un arma auténtica? —Debido a sus rosados mofletes, daba todavía un poco la impresión de una niña, una niña bastante azorada.

Pero quizá lo fuéramos todos nosotros. Niños bastante azorados.

—¡He dicho que tenemos que esperar! —la increpó el señor Filler y Tamara se metió en sí misma.

—¡Continuad trabajando! ¡Amigos, todavía os queda mucho para terminar!

Sylvester levantó la mano. Un gesto que parecía importante y, a la vez, despreocupado. —*Sorry,* pero no podemos esperar y, a la vez, continuar trabajando. Eso, sencillamente, no es posible. —Sonrió sarcásticamente.

Y como siempre sucedía con él, inmediatamente todos estuvieron de su parte.

—Cierto.

—¡Exacto!

—Yo también lo creo así.

—¡Súper, *go!*

Es difícil de entender si no se le conoce. Si hace un par de años alguien me hubiera preguntado cómo me imagino yo a alguien que se llamaba *Sylvester*, seguramente que hubiera contestado todo lo imaginable, menos *cool*.

Hasta que llegó nuestro Sylvester y tiró todo por la borda. Irresistible, sí, eso era él, el Súper. No sé cómo lo hacía pero en su boca todo sonaba bien e inteligente e incluso cuando guardaba silencio, decía más que todo lo demás que otro hubiera dicho. Resultaba, sencillamente, una maravilla, una bomba. Brevemente: el chico absolutamente más encantador que una se podía imaginar.

Y eso que no tenía especialmente aspecto de modelo.

Okay, era guapo, con sus cabellos negros de cuervo, la espalda recta, la mirada clara, azul… Pero era algo que también tenían Fabio y Luca y, aun así, no todo el mundo contenía el aliento en su presencia. Quizá fuera algo como una reacción biológica, quizá Sylvester disponía exactamente de la voz, de la risa, del andar que inmediatamente hace pensar a casi todo el mundo "¡simpático!" de forma completamente automática. Era un fenómeno.

Cómo, involuntariamente, yo asentí con la cabeza, simplemente porque lo decía él, y eso que yo no hubiera tenido nada en contra de terminar el examen. Lo admito sin mucho entusiasmo, pero me gustan las mates.

Me gustan los números. Me cae bien incluso el señor Filler, a pesar de que no creo que haya en el mundo un profesor de matemáticas tan presumido como él.

—Gracias, Sylvester, por tu extraordinaria y aguda observación. —El señor Filler era el único al que el síndrome Sylvester no podía imponerle. Tenía que ser un defecto genético.

—¡No hay de qué!

El señor Filler arrugó la frente, poniendo el gesto de *"Os advierto"*. —Amigos, os advierto, el próximo al que tenga que llamar la atención entregará su cuaderno de matemáticas.

—Pero, señor Filler —Aline cruzó las piernas y miró de la forma más cándida posible—, no podemos concentrarnos.

—Ahora, silencio. ¡El tiempo sigue corriendo!

Detrás de mí alguien se levantó ruidosamente. Un chirriar de zapatillas de deporte sobre el recién fregado piso de linóleo.

Miré hacia atrás.

Mark.

Sin decir palabra, se dirigió hacia delante pasando entre las mesas; bajo el brazo, el examen de mates.

No tenía un aspecto especialmente *cool*. El gastado jersey que llevaba puesto colgaba demasiado de su cuerpo para dar la impresión de ir vestido a la moda y las zapatillas de deporte dejaban señales, exactamente de un color tan pastoso como su pelo. Sobre su ojo izquierdo, se abría una cicatriz atravesando la ceja como una X. Debajo, arrugas como de alguien que no había dormido desde hacía meses.

¿En realidad, tú quién eres?

Me di cuenta de que ésta era la primera vez que yo lo veía salir de su esquina. Normalmente, estaba allí sentado con los brazos cruzados, inclinado hacia el suelo, como si se interesara más por los cordones de sus zapatillas que por nosotros.

Mark de pie y el señor Filler sentado, eso era algo nuevo. Tres horribles segundos cargados de tensión mirándose fijamente,

mucho,

insoportablemente mucho tiempo,

después Mark soltó ruidosamente las hojas del examen sobre la mesa.

Me asusté casi tanto como Greta. Esto era diferente al test de vocablos, era nuestro último examen *antes de las vacaciones* y, como el señor Filler había destacado, el más importante.

—Mark, ¿no quieres, al menos, intentarlo otra vez? —Las mandíbulas del señor Filler se endurecieron—. Todavía tienes tiempo suficiente…

Sin embargo, él únicamente movió la cabeza. —No, en caso de que verdaderamente un demente ande suelto con una pipa, no quiero pasar los últimos minutos de mi vida con mates. —Una sonrisa burlona se deslizó por su cara, orgulloso quizá o simplemente loco. Metió las manos en los bolsillos y regresó a su sitio. En ese momento, comprendí la teoría de la relatividad (aunque no totalmente como Einstein).

En el colegio, todo es relativamente importante. Esto es, importante en relación con otras cosas. Más importante que pasarte el tiempo tumbada en el sofá. Banal si se trata de la vida o la muerte. Quién sabe, quizá estábamos todos allí sentados y resolvíamos ecuaciones porque precisamente no se nos ocurría nada mejor.

Ahora, cuando pienso así sobre ello, puedo explicarlo. Entonces, únicamente yo pensaba: *de alguna forma, él tiene razón, este estúpido examen es ahora completamente innecesario.*

—¡Este estúpido examen es ahora completamente innecesario! —exclamó Fabio, dos filas detrás de mí. Al parecer, la teoría de la relatividad no solamente se me había revelado a mí.

Simultáneamente, como movidos por un mismo resorte, Sylvester, Fabio e Ida-Sophie se levantaron de sus sillas. ¿O Sylvester se había puesto de pie una milésima de segundo antes que Fabio e Ida? Seguro; en definitiva, él era el líder, siempre. Miró a su alrededor y sus ojos refulgieron tan azules como era posible.

Sylvester, supertío.
Fabio le golpeó en la espalda. Fabio, el paquete de músculos, y, aun así, Sylvester ni siquiera pestañeó. Él no. En su lugar, sonrió con la mitad de la boca, me

miró brevemente, *¡a mí!, ¡a mí!, ¡a mí!* y después continuó pasando a mi lado hacia Ida-Sophie.

Ella le devolvió la sonrisa. Radiante, casi comiéndoselo con sus gigantescos dientes blancos. ¿Es que él no se daba cuenta?

Sentí una punzada al ver con qué naturalidad pasó por delante de su cuerpo, tan cerca que sus manos se tocaron; las suyas, bronceadas y pobladas de pelillos oscuros; las de ella, largas y finas como dedos de elfo.

Sylvester, Ida-Sophie y, el último, Fabio, se acercaron. Con un andar locamente atractivo. Y con qué elegancia depositaron ruidosamente las hojas del examen ante las narices del señor Filler. Primero Sylvester, después Ida-Sophie y finalmente Fabio, con un increíblemente alto buumm, mientras el señor Filler se encontraba a un lado. De pronto, él ya no daba una impresión tan de suficiencia en su americana hecha a medida. ¡Negarse a trabajar en su clase! Bajo otras circunstancias, nadie se habría atrevido.

Increíble lo rápido que puede cambiar todo, pensé mientras me estiraba para hacer planear mis hojas junto a las de los demás. Sí, exactamente eso hice, aunque, al hacerlo, tuviera una rara sensación: dejé que se deslizaran delante de las narices del señor Filler, exactamente como Sylvester, exactamente como Mark. Cuatro hojas y media garabateadas, de pronto sin importancia. *Wow*. Ni siquiera había necesitado levantarme.

—¡Fiona! Por lo menos tú podrías intentar terminar tu trabajo —la voz del señor Filler sonaba ahora casi suplicante—. Esto es simplemente por fastidiar. Aquí ya no estamos en quinto…

Decidí pasar de lo que me decía porque, de pronto, me pareció una simpleza. Era irrelevante.

—En realidad, ¿qué hacemos si escuchamos tiros en el pasillo? —le interrumpí—. ¿Nos hacemos los muertos?

Un par se rieron y, sin embargo, ya no reconocí sus voces.

—Exactamente, ¿qué hacemos entonces? —Ida-Sophie ladeó la cabeza—. ¿No tendría usted quizás unas instrucciones o algo así?

SEÑOR FILLER

No, yo no tenía ninguna instrucción ni nada parecido. Alarma de fuego, sí. Alarma de amok, no. Yo solamente estaba en el colegio desde hacía apenas dos años, ¡por Dios!

—Primero esperemos a nuevas indicaciones —Me obligué a mí mismo a no dejarme contagiar por la excitación de los alumnos. Función: dar ejemplo—. Estoy seguro de que pronto se nos informará con exactitud; hasta entonces, por favor, mantengamos la calma.

Por favor. Lo que a mí me ataca los nervios, esa amable vacuidad. *Por favor, escuchad: Tranquilizaos, por favor; no os comportéis, por favor, de nuevo como en la guardería.*
Mantener siempre la amabilidad.
Aceptar a los alumnos.
Transparencia.
A veces, me gustaría haber nacido en otro siglo.
Sé valiente, joven. Comprensivo, Pitágoras miraba hacia mí desde su cuadro enmarcado en dorado, el matemático más sabio de todos los tiempos, con una ondulante barba y la expresión de pensador. Mi amiga me lo regaló el último año por Navidad. Valérie. ¡Cómo me gustaría estar ahora con ella en casa! Me habría tumbado con ella en el sofá, degustando sus excelente tortitas rellenas o, si tenía que ser, cambiar la bolsa de la aspiradora.
Pese a la alergia a los ácaros del polvo.
Porque, naturalmente, los alumnos no se dieron por satisfechos con eso. Esperar es algo que los adolescentes no consiguen fácilmente. Y menos aún esperar a nuevas indicaciones. Incluso aún más somnolientos que de costumbre, colgaban de sus sillas pálidos e inseguros, como si fueran arrastrados hacia el fondo por su propia *coolness*. *Un montón de cadáveres en mi clase*. Durante un brevísimo instante me imaginé a toda la clase exterminada en unos segundos. ¿Qué diría mi jefe?

—Por favor, puede darme de nuevo mi móvil, tendría que escribir brevemente a mi mam… —Anhelante, Aline miraba hacia la caja bajo mi atril. Top ajustado, largas pestañas y una cara en la que se reflejaba el esfuerzo que hacía para parecer adulta. Adelantó el labio inferior, sus ojos brillaron. Aline era una de esas chicas sobrepasadas cuyo rol tenía todavía que encontrar. Había que tener paciencia con ella.

—¡A mí también! —Inmediatamente, varios alumnos se unieron a la súplica de Aline por el móvil—. Así podríamos preguntar inmediatamente en secretaría… —Ida-Sophie se había girado en su silla hacia atrás y cuchicheaba vehementemente con Sylvester.

—¡No toquéis la caja! —Me obligué a concentrarme. Quizá se había presentado un problema en alguna parte del colegio. Bien, eso estaría fuera de mis posibilidades de actuación, yo no podría cambiar nada. Se me informaría más tarde. Hasta entonces, tenía que mantener la tranquilidad dentro de lo posible.

Lo que yo necesitaba era un plan.

Es como en la guerra: si uno quiere ganar, entonces no es suficiente con pensar su propia táctica, no, también hay que estudiar la posición del enemigo.

Favorecía el que se tratara de una pequeña clase, solamente ocho mesas dobles. En primera línea, los alumnos ejemplares, naturalmente. Fiona, Greta, y en una segunda mesa, al lado, Tamara con su mofletuda cara de niña. Obedientes y fáciles de atender las tres.

¿Qué habría pasado por la cabeza de Fiona para tirar el examen?

A la izquierda: los desinteresados, que ni siquiera se habían preocupado de seguir a Mark. David y Jill con sus fúnebres trajes de cementerio, algo inquietantes pero inofensivos.

En el centro: Ida-Sophie, la líder de los rizos, flanqueada por su mejor amiga, cuyo nombre yo olvidaba constantemente (Thea o Svea o algo parecido). Con ella, tenía que andarme con cuidado. Si disgustaba a Ida-Sophie, al momento tenía a toda la clase contra mí.

Detrás, en el centro, languidecía la cohorte de los músculos, Sylvester y sus musculados compañeros, Luca y Fabio, cuya acentuada indolencia, que normalmente me atacaba los nervios, era hoy, excepcionalmente, de utilidad. Podía necesitar a todo aquel que ayudara a impedir el pánico.

Especialmente porque Aline, la actual amiga de Luca y vecina de asiento, seguía provocando inquietud con sus quejas.

A la derecha de la ventana: los que no han conseguido entrar en la cohorte de los músculos. El uno, Jan, porque era demasiado gordo; el otro, porque sus padres le obligaban constantemente a estudiar. Lasse. Su padre estaba en la AMPA.

Y también estaba Mark. Luchador solitario, por suerte. Claramente, de él venía el principal peligro.

Típico de él era colocarse en la pared de enfrente. Tan cerca como fuera posible de la salida y tan alejado como era posible de mí y de la pizarra.

En definitiva, se estaba aquí para aprender.

El murmullo se extendió, creciendo en intensidad.

—Por lo menos, podría usted dejarnos un móvil por seguridad —refunfuñó Sylvester—. El mío, por ejemplo…

Luca asintió.

—¡Mi padre está en la Asociación de Padres! —exclamó Lasse.

Poco a poco, comencé a sudar. Podía enseñar a los niños mates, deporte e historia pero no cómo se comporta uno en una situación semejante. ¡Yo mismo tampoco lo sabía! Desesperado, rebuscaba en mi memoria reglas de comportamiento viables, pero allí no había ninguna regla. Únicamente un pálido recuerdo de aquella mujer acosadora con una chaqueta negra de paño grueso que repartía un folleto tras otro. En la última conferencia del pasado curso. Durante horas, había cacareado sobre factores de riesgo y prevención. Había sido la conferencia más larga de mi vida y, aun así, al final no podía recordar más que la gran cantidad de pelos teñidos de rubio adheridos a su chaqueta (siete en los hombros, tres en la espalda y ocho en el pecho). ¿Qué había dicho exactamente sobre el desarrollo de un amok?

Mantener la tranquilidad.

Distraer la atención.
De ninguna manera, desatar el pánico generalizado en los padres.

Era todo lo que yo había retenido. ¡Aquellos malditos pelos!

—Los móviles se quedan conmigo —dije—. Quizá los necesitemos para...eh... mantenernos en comunicación con la policía.

Miradas horrorizadas.

—¡Solamente para el improbable caso de que verdaderamente haya un problema! —añadí precipitadamente.

Excelente, ahora has desatado un pánico generalizado no entre los padres, pero sí entre los escolares.

—Éste no tiene evidentemente la situación bajo control —apuntó Aline y de buena gana le hubiera arrojado su iPhone—. ¡Quizá estemos muertos dentro de un momento!

Luca asintió, su flequillo castaño le cayó casi hasta más abajo de los ojos. Pasó su brazo por el hombro de su amiga protegiéndola mientras me fijaba con una mirada sombría. —Cierto.

Decidí proceder como los monarcas en el siglo XIX: tranquilizar a la plebe con pequeñas concesiones.

—Está bien, estoy de acuerdo con que, en estas circunstancias, es pedir demasiado que terminéis el examen. Entregad las hojas, valoraré todo como una prueba y se repetirá la semana que viene. ¿De acuerdo?

Funcionó. Sylvester golpeó con los nudillos en el tablero de la mesa en señal de aprobación. Fabio sonrió sarcástico. Aline se liberó del abrazo de Luca y desnudó una fila de dientes extremadamente bien alineados.
—¡Gracias, señor Filler! ¡Es usted absolutamente estupendo!

Todavía hace un año, me habría sonrojado de orgullo; hoy, únicamente asentí ligeramente. Los escolares son una masa caprichosa y sobornable. Muy sobornables. Ningún capitán se atrevería a hacerse a la mar con semejante tripulación, una tripulación en la que en cualquier momento existía el peligro de un motín solamente porque las olas batían más altas.
Me apoyé en el borde de la mesa. Mi espalda cosquilleaba bajo el tejido completamente sudado de las hombreras y, sin embargo, no me quité la americana. En caso de que tuviera que morir, por lo menos vestido correctamente.
—Entonces, amigos, traedme el resto de las hojas. —Hacer como si todo estuviera planificado, ese era el truco. Añadiendo una sana porción de seguridad en uno mismo y una mirada penetrante. No se necesitaba más para imponer respeto en los escolares. Nada de timbre, como siempre utiliza la Pappenheim, y tampoco nada de esos ridículos cuencos cantores.
Toda el aula se había llenado de apresurados ruidos de hojas moviéndose, los murmullos enmudecieron.

Noté cómo los músculos de mi espalda se relajaban. Todo estaba bien.

Se me obedecía.

Un montón de papeles cuadriculados fue pasando de fila en fila hacia delante, se deslizaban sobre las mesas, resbalaban y eran recogidos de nuevo y, finalmente, aterrizaron sobre el regazo de Greta.

—Aquí tiene, señor Filler. —Precipitadamente, me colocó los pliegos en la mano, apresurándose a cerrar los ojos antes de que yo pudiera contestar algo (una peculiaridad más de estos escolares: ¡jamás miran a su profesor a los ojos!).

Carraspeé. —Y ahora —continué pacificador— mejor no metamos ruido alguno. En el caso, solamente en el caso, de que ahí fuera alguien suponga un peligro, pensará que esta estancia está vacía.

Apenas si había terminado de decirlo, llamaron a la puerta.

MARK

Casi me echo a reír. Allí estaba el profesor más pretencioso del mundo ante ti y, de pronto, se le cae el mentón como si terminara de averiguar que Papá Noel no existe. O que termina de darse cuenta de que, en el momento de saltar, había olvidado el paracaídas en el avión.

Una lástima que, probablemente, yo también habría mirado tan incrédulo. Independientemente de que me encontrara a punto de estallar, tenía un miedo espantoso.

¡Quería salir de allí! Nunca antes había sentido tanto en mi interior como ahora ser un prisionero de la clase del señor Filler. Mierda, quería estar inmediatamente en otro sitio, ¡fuera de esta maldita jaula! Mi mirada voló al otro lado, a la ventana, buscando un camino para salir. ¿A través de la repisa? ¿A lo largo del destartalado canalón? ¿Saltando desde el segundo piso?

No tenía sentido. Aunque yo no tuviera ni idea de matemáticas, conocía la ley de la gravedad.

—Los atacantes de amok no llaman a la puerta —afirmó Lasse rompiendo el silencio—. No lo hacen. Yo lo sé, mi padre es policía.

Quizá la gente le hubiera creído si su voz no hubiera temblado tanto.

—¿No es así, señor Filler? —Buscando ayuda, su mirada se dirigió hacia delante, mirando aturdido al señor Filler como si él fuera el Oráculo de turno—. Él no llamaría a la puerta, ¿no?

¡Como si el señor Filler lo supiera! Él estaba como paralizado. Mandíbulas apretadas, gotas de sudor en la nariz aguileña, ojos como dos luces azules intermitentes.

De nuevo, llamaron.

—No abrimos, señor Filler, ¿no?

Inmediatamente, Ida-Sophie tuvo de su parte a todo un club de fans. ¿Abrir? ¡Jamás! ¡No éramos suicidas!

Resoplé despectivamente. Observaba a los demás como por encima de un muro, como si existiera una frontera infranqueable entre ellos y yo. Los veía hablar y discutir y pelearse entre sí... Como si así pudieran ponerse a salvo. Parloteando.

Únicamente Jill callaba detrás de su flequillo lila, pero eso era normal. A Jill, hablar no le venía especialmente bien. Ella prefería hacerlo a través del color de su ropa; y amarillo o naranja decía: *todo está okay*. Rojo: *¡cuidado, muerdo!* Y negro: *el siguiente que me hable, tendrá una muerte horrible*.

La ropa de Jill era casi siempre negra.

La llamada en la puerta se convirtió en un sollozo. Al otro lado, fuera quien fuera, quería, maldita sea, estar urgentemente dentro.

—¿Y qué si es un alumno que se ha quedado solo en el pasillo y necesita ayuda? Quizá haya estado en los servicios y nadie le deja entrar... —La voz de Greta se perdió en la inseguridad. Normalmente, tampoco era la más valiente. Dispuesta, sí, a ayudar, pero no valiente.

—Lo dicho —contestó mecánicamente el señor Filler—, en principio, nos atenemos a las indicaciones, después siempre podemos...

—¡Pero no podemos estar sin hacer nada! —le interrumpió Fiona impaciente. Era la primera vez que yo la veía hablar de esa manera con un profesor, tan furiosa, tan clara—. Usted es el tutor, señor Filler. ¡Ayudar es su maldito empleo!

Me pareció bien.

No al señor Filler.

La puerta se mantuvo cerrada.

—Alguien debería preguntar su nombre al que está fuera —ordenó Sylvester.

—¡Mark, tú eres el que está sentado más cerca de la puerta! —Ya no sé quién fue el que tuvo ese rápido pensamiento (posiblemente Luka).

En realidad, daba lo mismo, porque inmediatamente todos los demás eran de la misma opinión:

—¡Rápido, Mark, vete a la puerta y pregunta qué es lo que quiere!

Entrelacé los dedos y comencé muy lentamente a arrancarme los pelillos del dorso de las manos, uno tras otro.

Era aquel sollozo. Aquella mierda de sonido sollozante me catapultaba a alguna parte, a casa, a lo oscuro y, de pronto, los puños también me golpearon. Retumbando, crepitando, convirtiéndose con cada golpe en los de mi padre, con sus duras manos, recubiertas de pelos, mientras que el lamento de fuera se transformaba en el mío propio.

—¡Hazlo ya!

Me asusté e instintivamente me llevé las manos a la cara. Casi esperando tocar el rojo viscoso de entonces, pero, naturalmente, la cicatriz hacía tiempo que había curado.

Naturalmente.

Me pasé la mano por el pelo, noté que mis dedos temblaban.

Todos me miraban fijamente.

—*Okay* —saqué de mi boca—, lo hago.

Una corta mirada al señor Filler. Él únicamente se encogió de hombros e hizo un movimiento confuso con la cabeza, que podía significar tanto asentimiento como negación.

Cobarde.

Me levanté.

FIONA

Admitido. Mark demostró en ese momento auténticas agallas. Ya lo había demostrado con su protesta en la acción del examen. Mientras que nosotros, todos los demás, nos manteníamos sentados como lerdos siguiendo cada uno de sus movimientos, él se levantó y fue hacia la puerta. En pocos minutos había ascendido de tonto de la última fila a héroe de la clase.

—¿Quién eres y qué quieres? —En caso de que tuviera miedo, no dejó que se le notara. Se encontraba ante la puerta completamente inmóvil, las manos profundamente enterradas en los bolsillos,

—¡Socorro, ayudadme, por favor! ¡Abrid, por favor! —Era la voz de una niña, una sollozante niña, seguro de no más de diez años.

Me mordí el labio. Si hubiera sido un chico, podría haber sido mi hermano pequeño.

—¿Por qué no estás en tu clase? —Completamente convincente, la voz de Mark consiguió sonar como el encargado de un refugio antiaéreo en un tenebroso documental de guerra.

A la chica, no, ¡a la niña! se le oía ahora todavía más aterrorizada. —No he encontrado la clase y entonces… ¡Por favor, estoy muerta si no abrís! —Interminables sollozos.

Lentamente, Mark se giró hacia nosotros y yo, por fin, comprendí qué es lo que había cambiado en él: de pronto, Mark daba la impresión de estar *despierto*. Esperando en el pasillo, en la clase… comparado con ahora, todo el tiempo hasta aquí lo había pasado adormilado. ¿Estaría contento por vivir, finalmente, algo más emocionante que un examen de mates?

—Una niña. Tiene miedo.

No, él no era eso. Bien seguro, no se alegraba de la alarma, su voz sonaba demasiado seria. Su voz me pareció cinco veces más profunda que de costumbre, fuerte, decidida. Casi como la de Sylvester.

—¿Debo?

La pregunta, evidentemente, no iba dirigida al señor Filler. De él, Mark había decidido no esperar ayuda alguna.

Por primera vez en nuestras vidas, teníamos que tomar una decisión ciertamente importante.

—I don´t know… —Sylvester amasaba su musculoso, moreno antebrazo—. Quizá sea un truco.

Un truco, un truco, golpeaba en mis oídos. Sí, quizá fuera un truco. Un plan alevoso para conseguir sacarnos del aula, enfrentarse a nosotros y a todos… ¿Y a todos, qué? ¿Acuchillarnos? ¿Cogernos como rehenes? Intenté imaginarme al señor Filler y a nosotros atados en nuestras sillas con precinto cerrando las bocas, pero no lo conseguí. ¡Naturalmente que algo así sucedía en alguna polvorienta zona de guerra pero de ninguna manera aquí!

El golpeteo en mis oídos cedió ligeramente. Al margen de lo que hubiera asustado a la niña allí fuera, tenía que tener una explicación inofensiva, como para todo lo excitante de la vida. Incluso el tap en el desván había resultado ser de inofensivos lirones. ¡Las probabilidades de un auténtico, un verdadero ataque de amok tendían seguro a ser igual a cero, qué digo, a menos un millón!

Casi que sentí descansar la arrugada zarpa de abuelo sobre mi hombro. *Primero mejor bebes una taza de té, cariño. Siempre uno se imagina todo mucho peor de lo que es.*

Algo crepitó junto a mí. Un ruido familiar venía de las meditaciones de Greta. Se había quitado las gafas, doblando el puente hasta que saltó roto. —Tenemos que ayudar —susurró—, de lo contrario, nos hacemos culpables si…

…*alguien improbablemente la mata de un disparo*, terminé su frase antes de que el abuelo me retuviera.

La lluvia chisporroteaba contra los cristales.

—¿Bueno, qué hago? —preguntó Mark—. ¿Debo hacerlo? Su mirada se quedó fija en mí. *¿Debo hacerlo?*

Pensé en mi hermana Mila, mi bella, fuerte hermana, que hacía tiempo estudiaba en la universidad (en Oxford, Medicina). Pensé en lo que ella había dicho el día en el que mi hermano desapareció en el contenedor de basura.

Ya no sé por qué se había metido él allí dentro, posiblemente sólo quería mirar qué aspecto tiene un cacharro de esos por dentro. Y precisamente en el momento en que había ido a parar al fondo metálico, pasaron por delante dos tipos que venían del campo de deportes; se rieron, se acercaron más y cerraron la tapadera sobre su cabeza. El golpe fue ruidoso. Metal contra metal, solamente por eso lo oyó desde el otro lado de la calle. Uno de ellos mantenía cerrada la tapa mientras que el otro continuaba riéndose.

Mila se paró inmediatamente. Miró a los dos tipos, oyó a mi hermano Niels al que lentamente le iba entrando pánico dentro del oscuro depósito. Ella lo comprendió todo con una sola mirada y echó a correr atravesando la calle con sus sonoros tacones de zapatos rojos.

Safran tiraba de la correa queriendo acompañarla. Lo retuve con fuerza. —¡Quieto! —repetí una vez más—. ¡Quieto, Safran!

Los dos tipos seguro que me sacaban dos cabezas y, por lo menos, tres veces de ancho. El uno sonreía estúpidamente, el otro le echaba el humo a mi hermana en la cara. Con todas mis fuerzas, tiré de la correa mientras Mila le quitaba de un manotazo el cigarrillo de la boca al tipo señalándole el contenedor y gritando: "¡Es mi hermano, cerebros de mosquito, y lo vais a sacar de ahí inmediatamente o, de lo contrario, os vais a enterar!".

Apenas diez segundos después, Niels se encontraba de nuevo en la acera. "El miedo es una mierda", dijo Mila más tarde. "No debes escucharlo. Nunca más, Fio, prométemelo. Si algo se tuerce, escucha a tu cabeza, no a la mierda del miedo. Haz lo que es correcto, ¿de acuerdo?".

"Claro", había contestado yo desde un profundo convencimiento mientras mi corazón rebosaba admiración. Mila había ganado, ella había ganado porque era valiente y los estúpidos tipos habían perdido. El valor era bueno, mi hermana era buena, ¿qué es lo que no podía estar claro?

Y ahora yo estaba sentada aquí, en un aula de aire viciado, mientras fuera la pequeña llamaba a la puerta y rogaba y, de pronto, la cosa ya no estaba tan clara para mí.

—No lo hagas, por favor —dijo Lasse con su característico e irritado tono Lasse de cuidador de guardería rodeado de bebés—. En la indicación por el altavoz, se decía, claro y comprensible, que debíamos mantener las puertas candadas, ¿no es así, señor Filler?

El señor Filler calló.

—Exactamente, tío —Fabio cruzó los brazos delante del pecho. Brazos anchos delante de un pecho inmenso. Lasse, Luca y él hacía años que jugaban juntos al baloncesto—. Suena ciertamente duro, pero... mejor uno que todos nosotros. Si fuera sucede algo, entonces puede darse por muerta. Y si no es nada, bueno... —Se encogió de hombros—, entonces no necesita ayuda alguna.

Greta le miró fijamente por encima de los cristales de sus gafas como si fuera un criminal. Cuando se trata de personas, ella puede ser bastante testaruda (por cierto, también cuando se trata de animales). Casi que podía oír cómo en su cabeza traqueteaba, cómo combinaba, cómo calculaba pros y contras. Era tremendamente lista. En sus ojos, brillaban lágrimas. ¿Por qué, entonces, no decía nada?

La voz de la niña se había vuelto ronca, quebrada. ¿No podría simplemente intentarlo en otra aula?

—¡Abrid! ¡Abrid! —sonó apagado a través de la puerta, casi como si estuviera metida en un contenedor de basura.

—¡Por favor!

Solamente que esta vez no había ninguna Mila que pudiera salvarla.

—¡Rápido!

Esa era yo.

Únicamente yo…

—Abre —dije en voz baja, pero lo suficientemente alto para que Mark pudiera oírlo.

La verde puerta no estaba demasiado lejos de la mesa de Sylvester y, de alguna manera, yo confiaba en que Súper también lo oyera, que yo estaba a favor de salvar a la niña, que él, quizá, incluso también se pusiera de mi parte. Sylvester y yo contra el resto del mundo.

—¿Estás pirada? —me increpó Fabio—. ¡Nosotros no la podemos ayudar, con ello nos pones a todos en peligro! —Se respaldó en la silla y la calavera en su collar nos sonrió sarcástica—. De todas maneras, es mi opinión.

—Eso no es una opinión —repliqué—. Eso es miedo. Y al miedo no se le escucha. —Resultaba sorprendente lo tranquila que, de pronto, era mi respiración.

—¿Ah sí? —Ida-Sophie levantó burlona las cejas—. ¿Y entonces a qué se escucha? ¿A ti? —Lanzó una mirada significativa hacia Sylvester y él le devolvió la sonrisa. —Never —Sus dientes resplandecieron.

Noté cómo la sangre se me agolpaba en la cara mientras los dos me fijaban con sus miradas. *"Con pecas, una tiene siempre el aspecto como si tuviera granos"*, había dicho ella en una ocasión y yo estaba hecha literalmente de pecas.

Desvié la cabeza; de pronto, ya no miraba a Sylvester sino a Mark, que continuaba esperando en el rincón.

Mark no sonrió. En su lugar, dio lentamente un paso hacia la puerta y alargó la mano hacia el picaporte. Parecía pensarlo. La cicatriz sobre su ceja se convulsionó nerviosamente, echó mano a la barra. ¿Lo hago?

De alguna manera, su confianza en mí me daba valor. Tragué el nudo que se me había formado en la garganta y asentí, decidida a no dejarme intimidar por Ida-Sophie. Ella era tan tonta como el pan. ¡Ya llegaría Sylvester a comprenderlo!

Haz lo que consideres correcto. Abrir la puerta era lo correcto. Tenía que ser lo correcto porque Mark se dio la vuelta de nuevo y desatrancó la puerta.

La puerta cedió a un lado.

Delante se encontraba una niña con dos cortas trenzas sollozando.

Y una pistola en la sien.

MARK

Imagínate que estás viendo una película de terror. Una de esas verdaderamente asquerosas que tú, en realidad, solamente puedes ver a partir de los dieciocho años. *"Con los ojos del ahorcado"*, por ejemplo o *"Nachtaktiv —die Meuchelmafia 3"*. El film es la tortura absoluta, pero, a la vez, es increíblemente emocionante verla; de alguna forma, te divierte aterrorizarte encogido en el sofá mirando a la gente mientras gritan y mueren.

Y, de pronto, ese film se vuelve realidad. El esqueleto de una mano atraviesa la pantalla y te tira de la mano la bolsa de las patatas fritas, el supervillano salta del televisor al centro del sofá y tú te atragantas con una avellana. *¡Tachán!*

¿Puedes imaginarte esa sensación? ¿El convencimiento de que, hasta ese momento, tú no sabías qué es el miedo y el peligro, qué es maldad y qué es dolor? Sí, dolor, porque el verdadero miedo duele ¿Notas la abrazadera alrededor de tu tobillo, el cuchillo en la nuca?

Felicidades ya que ahora tienes una idea aproximada de lo que a mí me pasó por la cabeza cuando descubrí a ambos.

La pequeña y el tipo enmascarado con la pistola. *Un tipo enmascarado con pistola*, algo así no pertenece a la realidad, él no tenía nada que buscar en mi vida, ¡mucho menos en una mañana de lunes en mitad de un colegio!

Varias chicas gritaron. Incluso también un par de chicos, creo. Después me hubiera gustado ver cómo reaccionó el señor Filler, pero yo estaba algo distraído por el cañón de la pistola que ahora ya no señalaba a la cabeza de la pequeña sino directamente a la mía.

Por lo menos no has pasado tus últimos minutos con mates, pensé, *por lo menos… y ahora te mueres. Con ni siquiera dieciocho años. Qué mierda esta.*

Yo no pensé ¿*por qué*? O ¡*yo no quiero morir*! No, mi último pensamiento era: *qué mierda esta.*

Siento que no se me ocurriera algo más original.

SEÑOR FILLER

Sucedió. Un. Cuerpo extraño. En mi aula.

Jamás había vivido en una clase de matemáticas mayor incomprensión como cuando aquel tipo enmascarado entró en el aula.

Contenida respiración colectiva.

Perplejidad concentrada.

Impaciente, el cuerpo extraño empujó a los dos dentro del aula. En una de sus manos, mantenía la pistola; con la otra, cerró la puerta tras él.

Tenía la impresión de como si todo en mi cuerpo se congelara.

Mantener la calma.

De ninguna manera, provocar un pánico generalizado.

Mark se quedó mudo, apretó los labios como queriendo mantener atrapado el grito en su boca.

Como una estatua, sobresalía el cuerpo extraño entre las mesas -negra capucha, blanca máscara y aquella espantosa, espantosa arma. Su cordón izquierdo estaba medio desatado, rozando el suelo, como queriéndome susurrar: "*Esto está sucediendo aquí. Es real*".

Se encontraban en medio de la sala. Mark, la chica y, detrás de ellos, el desconocido. A su alrededor, los otros les miraban fijamente desde sus mesas. Perplejidad concentrada… que lentamente se iba convirtiendo en pánico.

Voy a morir. Ese reconocimiento me golpeó con la violencia de un mazazo, me arremetió en mitad del pecho. Intentaba respirar. Manchas negras se interponían en mi campo de visión como nubes de polvo en un campo de batalla.

Voy a morir hoy. Todavía peor: lo haría como víctima. Indefenso, gritando y absolutamente en un sinsentido.

Hasta ahora, siempre había mantenido el tema de la muerte limpiamente alejado de mi vida. ¿Qué podía aportar de utilidad romperse la cabeza con algo que uno no puede cambiar? Eso era para pasar el tiempo en una clase de filosofía, para mujeres con aromáticas velas verdes en la ventana que prefieren cuestionar todo mil veces en lugar de enfrentarse de una vez a la realidad. Una de mis grandes cualidades había sido siempre concentrarme en lo esencial, algo que siempre me había impulsado hacia delante. ¡*Cielos*, yo era joven! Naturalmente no tan joven como aquel montón de jovencitos plagados de granos, ¡pero todavía muy lejos para ocuparme de la muerte!

Yo era Anton Filler, treinta y dos años, remaba dos veces a la semana en el club, no tenía ni el asomo de una calva ¿y ahora ese tipo entraba para quitarme sencillamente todo? Tantas horas en las que podía haberme divertido, haberlas pasado con mi amiga y que, sólo había invertido férreamente en mi tesis doctoral… *¡Ay de ti si me robas mi futuro!*, pensé, *¡Ay de ti!*

En ese mismo momento, el desconocido empujó a los dos a un lado con su pistola.

Y la pistola me señalaba a mí.

FIONA

Tuve que tragarme un sollozo, tan aliviada estaba de que él hubiera dejado en paz a Mark. Que Mark no estuviera tendido en el suelo en un horrible charco de sangre, los brazos distorsionados, los ojos extrañamente apagados. *¡Socorro, y hubiera sido culpa mía,* me atravesó, *yo le induje a abrir la puerta!*

Algo había salido mal. Lo correcto no era lo correcto. Mila había mentido. También mi abuelo. *¡Mirad esto!*, me hubiera gustado lanzarles a la cara, *¡contemplad qué ha sucedido! ¡Aquí y hoy, no en un libro!*

Sin embargo, mi abuelo callaba, había muerto de un infarto al corazón hacía ya seis meses. Y Mila se hallaba en Inglaterra, quizá ordenando en este momento la cocina después de un salvaje *party* con los que compartía la vivienda y de los que siempre hablaba. Hubiera dado todo por estar con ella. Todo.

El desconocido marchaba hacia delante por el pasillo central, un bulto negro caminando. Precipitadamente, bajé la mirada sin atreverme ya a darme la vuelta. Los animales salvajes se sienten inmediatamente atacados por hacer algo así, especialmente los felinos. Los pensamientos giraban desordenados en mi cabeza.

Él puede matarte.
Él tiene una pistola.
¿Por qué tiene una pistola?
Te lo pido, Dios, si es que existes, haz algo.
Socorro.
Socorro. Socorro. Socorro.
Tengo que ir al váter.
¡No debí permitir que abriera la puerta!

Seguro que a los que más odia es a los que se sientan en la primera fila.
¿El morir duele?
¡SOOOCORRRROOO!

Tenía la sensación de que mi cerebro iba estallar en cualquier momento y su contenido se esparciría por todas las mesas. Si hubiera habido un interruptor con el que poner el cerebro en *stand-by*, yo lo hubiera apretado sin dudar un instante. ¿Cómo lo hacían los demás?

El señor Filler parecía como si, simultáneamente, deseara la muerte inmediata de Mark y a él mismo al otro extremo del mundo. El tipo enmascarado se encontraba frente a él, separados apenas por tres metros.

¡Que se pueda tener tanto miedo de una persona! Yo estaba, evidentemente, hecha de una madera distinta a Mark; ahora lo notaba ¡y cómo lo notaba! *¡No me mates, pensé, no aprietes el gatillo, por favor, no me quites la vida, tengo todavía mucho por hacer ahí fuera -pintar con Greta mi habitación, beber un cocktail con sombrilla, escalar el monte Everest, dar un concierto de violín en la Cornegie Hall, salvar la Amazonia, besar a Sylvester...*

Me pareció grande, el atacante de amok, frío e invencible, como un criminal a sueldo en una de esas películas baratas, que tanto le gustaba ver a mi hermano. *¿Quién eres? En realidad, ¿por qué existes?* Ahora, mi mirada sí se levantó hacia él, no pude evitarlo. Por suerte, él continuaba completamente concentrado en el señor Filler.

Nada de él encajaba aquí, aunque su vestimenta, en sí, no tenía nada de particular. El tipo llevaba puestas varias sudaderas con capucha, una sobre otra, unos pantalones largos oscuros, zapatillas de deporte desgastadas y una máscara blanca que le daba el rígido aspecto de un maniquí de escaparate. La anonimidad en persona.

Especialmente misterioso resultaba la bolsa de tela que, estorbándole, se balanceaba colgada del hombro. Al principio, no me había llamado la atención, pero ahora, que estaba tan cerca, era imposible no verla: una bolsa negra sin inscripción pero, evidentemente, con algo dentro, algo con esquinas. ¿Explosivos…?

Muy vagamente, pude reconocer dos pupilas oscuras a través de los orificios de la máscara, de ninguna forma tan luminosamente verdes como las mías, pero quizá eso tuviera que ver únicamente con la sombra que caía a la altura de sus ojos. ¿Te conozco?

A mi edad, había un montón de gente a la que le gustaba vestir de negro, pero no me había encontrado a nadie, garantizado, que tuviera una debilidad por confeccionar máscaras. ¿O quizá sí? *Si pudiera ver solamente su cara…*

—¿Qué quiere usted? —Gotas de sudor brotaban de la frente del señor Filler—. El centro ya ha dado la alarma. La policía estará aquí en un momento.

La policía. Qué maravillosa palabra. Un torrente de esperanza atravesó mi cuerpo, suave y cálido como el chorro de la ducha en casa. La policía, sí, ella nos salvaría, asaltando hasta nosotros y le pondría los grilletes al atacante de amok. Porque, en definitiva, ese era su trabajo, ¿no es cierto?

En lugar de una contestación, el desconocido dirigió el arma contra el altavoz y disparó una, dos, tres veces. Los disparos resonaron ensordecedores en el aula.

Me llevé las manos a los oídos. Un olor apestoso a plástico mordió mi nariz.

Los dedos inquietos de Greta se cerraron alrededor de mi brazo.

El señor Filler se tambaleó.

"…y esperen a nuevas instrucciones".

Podíamos esperar largamente.

MARK

—Ahora, definitivamente, ha llamado la atención de la policía sobre usted.

¡Paff! La frase estaba fuera, resbaló sencillamente hacia fuera, por sí misma, como una burbuja de aire al sumergirte en el agua.

Piensas demasiado lento, chico, eso ya había sido antes mi problema. Entonces, cuando se daba el eterno enfrentamiento con mi viejo. *Tú no eres capaz de eso, tú no eres capaz de esto, tú eres exactamente igual que tu madre...* Una vez lanzado, al viejo apenas si se le podía frenar, se enfurecía, pegaba hasta que se quedaba sin aliento y posaba su grasiento trasero en el sofá (lo que, afortunadamente, sucedía cada vez más rápido). Cuando el tipo llegó con la notificación del accidente, te juro que casi me puse a bailar.

Con un chirriar de las suelas, el desconocido se giró hacia mí.

Cortas, puntiagudas zarpas, con laca de uñas que casi habían sido mordidas completamente, se hundieron en mi brazo.

Reaccioné rápidamente. Quizá fuera tonto, pero no totalmente idiota como para poner también en peligro a la pequeña. Porque ¿cómo iba a poder defenderse? Tan ridículamente minúscula como era, con bracitos tan delgados que ni siquiera podían levantar un lapicero.

¿Ah, así que tú eres el gran paquete de músculos? Nuevamente, las manos de mi viejo, su despectiva sonrisa cuando me lanzó, por pura diversión, una caja de cervezas. *¿Sabes con cuántas podía cargar yo a tu edad?*

Decidido, agarré a la chica de los hombros obligándola a meterse debajo de mi mesa y deslicé mi mochila delante. Allí estaba ahora como una gatita, demasiado confusa como para emitir un solo sonido.

Los pasos del desconocido volvían a resonar enfrente, regresaba. Voldemort regresaba. Una corriente de aire al pasar por delante de mi mesa. De pronto, se irguió ante mí. Sombrío, amenazante; en definitiva, miserable. Únicamente que yo no tenía nada para hacerme invisible, ningún anillo, ningún camuflaje, ni siquiera una máscara.

Y la mochila ya estaba también ocupada.

—*Sorry*. —No estaba seguro de que mi disculpa fuera dirigida al desconocido o a la pequeña. Gotas de sudor se acumulaban en mi nuca, se escurrían como espesa sopa espaldas abajo. ¡Maldita mierda, el tipo tenía un aspecto como si viniera de una carnicería de Quentin Tarantino!

—De verdad, lo siento —repetí con el paladar seco—. En realidad, eso fue más bien como —Pensé un instante—… sí, como indicación. Lo de la policía.

El desconocido callaba, se mantenía mudo e inmóvil, con la pistola adelantada. Dirigida directamente a mi cara.

Me esforcé en no hacer gesto alguno. Su jersey parecía pegajoso, apestaba como la camisa de trabajo de mi padre después de diez horas en la construcción. ¿Cómo podía el tío aguantar dentro de esa calurosa ropa?

—Pensé que quizá debería saberlo. No sea que los maderos le sorprendieran. —Sonreí débilmente.

Lentamente, el desconocido levantó la cabeza y asintió. Parecía comprenderlo.

Respiré tranquilo y noté, en ese mismo instante, un trozo duro de metal en mi mejilla.

—¡Oh, Dio-os mío!

Un escalofrío me recorrió a lo largo de la raya del pelo erizándome el vello

—¡Oh, Dios mío, lo va a matar! —El grito de Ida-Sophie parecía estar alejado a millones de años luz, *en una lejana, lejana galaxia.*

Y, efectivamente, a mí me pareció como si estuviéramos proyectados en una pantalla, solamente el desconocido y yo, mientras todos los demás estaban sentados en la sala de espectadores. Mirando con la boca abierta, asustados, pero sin ni siquiera mover un dedo. Exactamente como siempre.

El desconocido recorrió mi tabique nasal con el cañón de la pistola, desde la punta hasta la frente. Como si quisiera comprobar primero la estabilidad de mis huesos antes de destrozarlos de un tiro.

Un murmullo recorrió la sala.

Yo olí a petardos recién lanzados.

—Chehra —hice—. ¡Chechrarachra! —Esto es pánico y quiere decir algo así como: *El tipo me está acariciando con la pistola. ¡Esto no me gusta!*

Yo nunca he gritado. Ni una sola vez, eso ponía furioso a mi viejo. Únicamente lloraba, después, gimiendo hasta que mis ojos estaban tan enrojecidos que la gente en la acera me miraba totalmente asustada. *"Escu-*

cha, Mark, tus padres y yo, estamos preocupados…". Los adultos son así de tarados.

Uno incluso quiso ingresarme en un centro de toxicómanos para jóvenes. *"Están superpreparados para casos problemáticos como tú, ¿entiendes?"*.

Ni idea a quién encontraba yo peor: a la gente preocupada con sus arrugas en la frente o a mi padre, que me doblaba a golpes. Por lo menos, la preocupación terminó por sí sola; curiosamente, al iniciarme de verdad con la hierba.

"¿Podría fumarme uno más?". No hice esa pregunta, pero me hubiera gustado. No porque quisiera sentir de nuevo el humo de la nicotina en mis pulmones (aunque hubiera sido un efecto secundario agradable), sino sencillamente porque algo así pertenece al film.

"¿Tiene usted algún deseo antes de pegarle un tiro?".

"Deme usted una colilla". No hay una despedida más *cool*.

Me retorcí en mí mismo. La sopa de mi espalda pasó a mi slip, lentamente, como si fuera pis. Cerré los ojos.

Yo no era *cool*. Yo quería vivir.

SEÑOR FILLER

Mis primeros cigarrillos los robé con catorce años del bolsillo de la cartera de mi hermano. Del mayor.

Exactamente el día que me proyectó por primera vez una película de Karl-May: *El tesoro del Lago de la Plata,* de 1962. De verdad, una película extraordinaria, incluso aunque la parte histórica sea una estupidez, (pero qué película del Oeste no lo era).

Hay una escena, por ejemplo, en la que Old Shatterhand y sus hombres se han atrincherado en el rancho y son atacados por bandidos. ¡Tío, aquello fue la leche! Como locos, los tipos disparaban contra la casita, inmisericordes, con los ojos echando fuego y los caballos relinchando, mientras el sol ardía sobre la arena de la estepa. Y exactamente cuando a los héroes se les agotaban las fuerzas, llega cabalgando por la colina Winnetou y su gente. Qué momento. Después yo también quería tener imprescindiblemente un hoyuelo en la barbilla.

¡Y cómo luchaba! Rápido como el rayo analizaba la situación, corría a galope tendido contra el enemigo y con su pequeña hacha de madera les enviaba a todos al infierno.

Eso era lo que más me había impresionado, con qué valentía se enfrentaba al enemigo. Otros sueñan con pilotos de coches de carrera o con ser futbolistas profesionales; mi habitación estaba tapizada con posters de Karl May: Winnetou y Old Shatterhand, cómo luchaban juntos, cómo, uno junto a otro, se metían por medio de los arbustos, cómo fumaban la pipa de la paz alrededor de un solitario fuego a cielo abierto…

Yo soy Winnetou. Eso me lo digo siempre que el nudo en mi garganta amenaza con estallar. Bajo la manta, sentado con las piernas cruzadas, con un pequeño plato para que la ceniza no caiga sobre la sábana. *Yo soy Winnetou, yo soy Winnetou, yo soy Winnetou.*

Quizá lo había deseado, en secreto. Que, alguna vez, también nos mantuviéramos unidos, mis hermanos y yo, con pipa de la paz por medio, de hombre a hombre. Hubiera sido bonito.

En su lugar, me introdujeron gusanos de la harina en la funda de la almohada. Setenta y cinco ejemplares.

MARK

Cuando abrí de nuevo los ojos, el arma había desaparecido.

También el desconocido.

Parpadeé, me limpié la sorda sensación en la mejilla y me di la vuelta. Allí, un par de pasos alejado, cerca de la puerta, se encontraba el pirado, indolente con la pistola descuidada en su mano derecha. Ese día, me había perdonado la vida por segunda vez.

Mi respaldo estaba húmedo de sudor; mi boca, un desierto. No estaba todavía seguro de poder confiarme. Claro, si al condenado a muerte se le dice: *"Eh, tío, sólo era una broma, ¡puedes continuar viviendo!* En un primer momento, es escéptico. ¿Qué si el tipo permite a su víctima que se crea todavía un rato a salvo únicamente por divertirse y después descuartizarla aún más sangrientamente?

Una mano buscaba mi brazo. La niña sujetó mis dedos en su pequeña mano y la apretó. Con fuerza.

Respiré profundamente. Está bien; a primera vista, parecía que estuviera verdaderamente fuera de peligro, por lo menos de momento. El desconocido parecía haberme olvidado por completo. Con las piernas abiertas, estaba detrás de mí y miraba hacia la puerta. *Máscaras*, pensé, *los miserables siempre llevan puestas máscaras. Hannibal Lecter, el devorador de cadáveres...* Y Sauron, ¿no llevaba él también una puesta?

Un ruido me arrancó de mis pensamientos haciendo que todos a la vez nos sobresaltáramos. En otra hora de clase, posiblemente eso no hubiera llamado nuestra atención, pero hoy... Hoy, la sirena acercándose fue como un estallido. ¡La salvación! ¡Por fin! La trémula luz se reflejó en los cristales, coloreando de azul las gotas que golpeaban contra la ventana.

Noté cómo los músculos de la nuca se relajaban. Los maderos y yo no habíamos tenido hasta ahora una relación especialmente calurosa. ¿Se encontraría el padre de Lasse también entre ellos?

Me había agarrado en medio del paso a nivel y eso solamente porque yo había accedido a las vías para recuperar una moneda. Habíamos dejado irse al regional rápido. Sylvester, los otros y yo. Fue el último fin de semana de las vacaciones, algo así como una acción de despedida antes de volver de regreso a la jaula. Fui el único en atreverse a recoger la moneda. Por la noche a las tres, los trenes pasan solamente cada hora, así que podía arriesgarme sin más. Los otros no lo sabían porque, de lo contrario, no hubieran ofrecido diez euros. Así, pues, me salté la barrera y, relajado, caminé el par de pasos sobre la grava y en el momento que alzaba en el aire el trofeo, aquel cara de carlino me agarró por la nuca. ¡Me llevé un susto de muerte! En los primeros cinco minutos, ni siquiera sabía qué era lo que sucedía, solamente que un desconocido piojo grasiento intentaba introducirme en su coche. Reñía y vociferaba a la vez, parloteaba algo sobre interrupción del tráfico, imprudencia y, en algún momento, también de insultos a la autoridad…

Naturalmente, Lasse encontró rápidamente una disculpa, dijo que había ido a parar allí por casualidad y que, en realidad, había sido exclusivamente idea mía. El cobarde. A los otros, finalmente, su padre les dejó marchar, pero a mí me entregó personalmente en casa. ¡Y uno así me habla de imprudencia! Mi viejo todavía estaba en pijama cuando los dos me entregaron de madrugada en casa. Y él se lanzó sobre mí como un rabioso terrier cuando el cerrojo de la puerta cayó en la cerradura detrás de los dos. De qué forma perdió el control. Me hubiera gustado defenderme, pero, en ese momento, mi capacidad de reacción era prácticamente igual a cero. Eso sí, tenía tanto alcohol dentro de mí que ni siquiera me enteré mucho de los golpes, por lo menos inicialmente.

Por cierto, los otros me deben todavía los diez euros.

Las sirenas se interrumpieron. La trémula luz en los cristales se apagó. Seguro que los coches patrulla se encontraban en el aparcamiento para profesores y soltaban a los policías en dirección a la entrada principal. Creí oír a lo lejos un megáfono, pero también podía ser el sonido de la lluvia.

Ahora de ninguna manera hacer algo sin pensarlo bien, sencillamente, cierra la boca aunque sea solamente por esta vez...

Miré estúpidamente hacia el picaporte de la puerta. Guante negro cerrándose alrededor de la manilla, como si se tratara de un robo en una mala peli policiaca. Hasta hace un instante, yo tenía la esperanza de que desapareciera, de que abriera la puerta y saliera corriendo por el pasillo. Sin embargo, el desconocido ya maniobraba en el cerrojo y candaba la puerta, colocó el cañón lateralmente en el cilindro giratorio y apretó. *¡Paff!* El estampido agitó todo mi cuerpo. *¡Paff!* Apreté las manos contra los oídos y, a pesar de ello, continuaba resonando como si, desde fuera, alguien golpeara las paredes de mi cerebro. *¡Paff! ¡Paff! ¡Paff!*

Ni idea de a dónde iban a parar las balas. Ni idea verdaderamente de cuántos fueron los disparos. De todas formas, la pistola falló en un determinado momento y el cilindro cayó resonando al suelo.

Bajé las manos.

—Maldita mierda —murmuró Jill—. *Así, de verdad.*

Con un par de movimientos rutinarios, el desconocido manipuló en su pistola. Un tintineo, un chasquido, un encajamiento rápido y se dio la vuelta hacia la clase.

¡El tipo terminaba de cortarnos y cortarse el camino de huida!

FIONA

El pánico se extendió como una enfermedad. Epidemia de miedo, muy contagiosa e imposible de detener. ¡Estábamos *atrapados!*

Sylvester abrió la boca, Lasse jadeaba como alguien que se está ahogando, como si se le hubiera aplicado una corriente eléctrica.

Atrapadosatrapadosatrapadosatrapados... Me parecía como si alguien hubiera cerrado la llave del oxígeno, como si, de pronto, el aire estuviera más diluido de lo normal. Yo jadeaba. Jadeaba. Jadeaba mientras todo el tiempo pensaba en lo estúpido que era aquel batallar por el aire y que yo, en realidad, tenía que escuchar a mi cabeza y no a la mierda del miedo.

No ayudó nada.

Esa es, efectivamente, la diferencia entre Mila y tú. Tú piensas, Mila actúa. Me clavaba las uñas en el muslo. ¿Por qué no podía terminar todo aquello de una vez, aquel asqueroso pensamiento, por qué no ahora?

La expresión de Jill continuaba siendo inexpresiva, pero yo podía ver cómo temblaban sus delgadas rodillas. *Jill the Chiller*, incluso a ella no le sucedía nada distinto, también ella tenía miedo. ¡Sí, era cierto, *Chill-Jill* tenía miedo! Era algo que me intranquilizaba todavía más que la pistola en la mano del desconocido.

Habíamos caído en la trampa, desde el principio, como un rebaño de estúpidas ovejas. Jamás tendríamos que haber abierto la puerta, exactamente como Sylvester había dicho, quizá así todo ahora estaría bien...

Durante un par de segundos, el desconocido pareció observarnos, únicamente observarnos, como si fuéramos conejos de indias de un laboratorio durante un experimento especialmente emocionante. Dejaba que esperáramos,

sudar,

empequeñecer.

¿Qué clase de sensación sería estar así, con el arma en la mano? ¿El absoluto dominio sobre todo aquel que se cruza contigo? ¿Cómo se siente uno siendo el causante de un miedo mortal?

SEÑOR FILLER

Si entre los docentes se hiciera una encuesta sobre en qué situación a un profesor jamás le gustaría estar, seguro que la más señalada sería *"Encerrado con un atacante de amok y 14 alumnos en una clase de un segundo piso"*. No solamente tienes que vértelas con un loco armado; no, además hay que contemplar cómo el orden en su totalidad se va río abajo. Todo lo que has conseguido, la confianza, las normas, la autoridad, todo eso desaparece de pronto como barrido por el viento. ¡Tú eres un pobre, pequeño nadie y cada uno de los alumnos lo sabe!

Contrólate, mantén la calma, la policía llega enseguida. Llega enseguida. Llega enseguida... Me aferraba a esa esperanza como quien se está ahogando y se sujeta a una brizna de paja. Intentaba convencerme de que nos evacuarían, nos llevarían a un lugar seguro. ¿Pero por qué tardaban tanto?

Fiona tenía el aspecto pálido de una hoja de papel descolorido y Greta estaba a punto de convertir sus gafas en un pequeño montón de chatarra. Un inquieto murmullo por toda el aula. *¡Tenemos que demostrarle dónde nos encontramos! ¿Pero cómo? Mi padre nos sacará de aquí...* Algo que inmediatamente desapareció al girarse el loco hacia ellos.

La forma como evitaban mirarle a los ojos, bajándolos confusos, me recordaba cómo había pasado yo ayer por los pasillos entre las mesas para comprobar los deberes.

FIONA

Cada uno para sí mismo, intentaba no estar presente. Una actividad extremadamente desagradable. Uno de los motivos por el que yo, generalmente, hacía mis deberes. Ese constante riesgo de ser descubierta suponía demasiado estrés para mí.

Con pausados pasos, atravesó la sala, como si él fuera ahora nuestro nuevo profesor. ¡Sin duda, no carecía de autoridad! Tamara se sobresaltó cuando le pasó el arma por su blusa. Aline casi desapareció detrás del borde de su mesa. E Ida-Sophie, que normalmente no dejaba que ningún profesor le dijera algo, lanzó un agudo chillido cuando el desconocido rozó sus rizos al pasar por delante de ella.

Con cada paso, el aula parecía empequeñecer. El lavabo, los posters, el esqueleto de la edad de piedra, todo se juntaba más. Incluso mi tráquea se contrajo convirtiéndose en una estrecha ranura. *¡Yo no, yo no, yo no!*

MARK

Era un idiota. Yo tenía que haber aprovechado la oportunidad cuando cargó de nuevo la pistola. Prácticamente, había estado a mi lado. Si me hubiera lanzado inesperadamente contra él, entonces, con un poco de suerte, podría haberle reducido. Salto a la espalda con llave al cuello, quitar el apoyo de los pies y sentarme encima. ¿Es que no había visto suficientes filmes de acción?

No tenía un aspecto especialmente fornido, pese a que se esforzara en parecerlo. El paso firme, los muchos jerséis uno encima de otro. De alguna manera, todo daba la impresión de haber sido previamente estudiado, como si quisiera impedir revelar, bajo cualquier circunstancia, algo sobre sí mismo. Y eso únicamente quería decir que él era débil. Lógico, alguien fuerte no necesita cinco jerséis uno encima de otro, tampoco en noviembre. Él se pondría cualquier camiseta que destacara sus músculos y solucionado. Lo que única y exclusivamente le protegía era la maldita arma. *¡Tú, idiota; tú, idiota; tú, idiota!*, me insultaba a mí mismo en silencio.

Mi pequeña, nueva hermana casi me aplastó la mano. Qué miserable había sido haberse servido de la pequeña para que le abrieran la puerta. Definitivamente, algo tan patológico era propio de adultos, los únicos que implicaban a los niños en sus guerras.

Impotente, le acaricié la espalda. ¿Qué podría haberle dicho para consolarla? *Tú podías haberla salvado*, era lo único en lo que podía pensar cuando el atacante avanzó por el pasillo central por delante de las mesas.

Paso a paso a paso. Todavía hacía unos segundos, yo podría haberles salvado a todos: a Sylvester, a Luca, a Aline, a Jill, a la pequeña, sí incluso al señor Filler! Y a Fiona. Tío, eso hubiera sido clase. Yo, ante sus ojos, sin temor a la muerte, arrancándole al loco la pipa de las manos y enviándole al país de los sueños de una certera patada…

A un héroe, nadie le vuelve a preguntar por sus notas.

La pequeña lloriqueaba, sorbiéndose la nariz y, de pronto, entendí que gemía: —¿Por qué hace esto?

Sí, por qué. Me quedé perplejo, la pequeña tenía razón. ¿Por qué el tipo no nos disparaba sencillamente? ¿Por qué vivía yo todavía? Él ya había demostrado ser capaz de apretar el gatillo. ¿Qué le retenía de hacerlo verdaderamente? ¿Escrúpulos? ¿Compasión?

Algo me decía que eran otros los motivos por los que él se contenía, todavía se contenía. Aquella certeza con la que él había atrincherado la puerta… el tipo se proponía algo. Él nos necesitaba todavía.

Fuera lo que fuera.

SEÑOR FILLER

No sabía qué hacer con mis manos cuando el tipo se dirigió nuevamente hacia mí. Enfrentarme abiertamente a él subrayaría únicamente lo indefenso que yo estaba. Ignorarle, eso podría provocarle. Y hacerse el valiente me pareció exagerado porque, en definitiva, aquí no estábamos en una película del Oeste.

Dios, cómo sentía el frío en mis manos. Espontáneamente, me decidí por una cuarta posibilidad sentándome encima de ellas, entre las posaderas y la parte superior de los muslos. Exactamente de esa forma tenían que sentarse siempre antiguamente los presos de la Stasi[*].

Un testigo me lo había contado para mi trabajo de curso: *"No conoces la hora que es, ni lo que sucede fuera, ni el tiempo que hace que estás prisionero, lo que les sucede a tus amigos, a tu familia… únicamente existes tú y aquel que te interroga. No te puedes imaginar lo desmoralizante que es"*.

Bien, ahora podía imaginármelo. Incluso exactamente con cada una de las fibras de mi cuerpo. La punta de los dedos, que se entumecen bajo el peso de las piernas, pies que palpitan dolorosamente debido a la tensión, los dedos de los pies encogidos. El pelo, que me caía sobre la frente y que no me atrevía a retirar. Y, finalmente, la sombra que caía delante, sobre la superficie de la mesa.

---

[*] Stasi: abreviatura de *Staatssicherheit*, órgano de inteligencia de la desaparecida República Democrática Alemana (RDA).

Levanté la mirada. Lo que se ofreció a mis ojos me resulto tan irreal que en el cine hubiera girado inmediatamente la vista hacia otro lado: una máscara blanca, en cuyas cuencas únicamente podía reconocer dos oscuras sombras, una capucha de cazadora deformada, guantes negros, una pistola que estaba directamente dirigida hacia mí.

Tenía que decir algo, alguna cosa, para relajar la situación.

Tosí. —Ehh… Usted comete un gran error, si usted ahora…

El desconocido dio un paso al lado y apuntó la pistola a la boca de Fiona. *Una palabra inadecuada más*, quería decir, *y mato a tus alumnos, uno tras otro.* Se acercó a mí y me colocó el arma exactamente entre ceja y ceja. *Y después te mataré a ti.*

Mi garganta se secó instantáneamente de forma que temí no poder decir ninguna palabra más. Intenté tragar saliva, sin embargo no había nada que tragar. Mi carraspeo sonó como un estertor.

Mi carraspeo era un estertor.

Desesperado, miré de reojo hacia la ventana. ¿Cuánto tiempo había pasado desde el aviso por el altavoz? ¿No tendría que haber aparcado hacía rato el primer coche de la policía delante de la entrada principal? ¿Y no tendrían ya que amontonarse allí miles de policías, con sus escudos de protección, cascos y armas reglamentarias, dispuestos a asaltar el edificio como en la película policiaca más cara del mundo? Los veía expresamente ante mí. Pero, ¿dónde estaban?

FIONA

Greta me puso preocupada una mano sobre el brazo. Se sentía cálida y olía a crema para la piel, no conozco a nadie que tenga manos más suaves que Greta. Manos que una no puede imaginarse jamás capaces de hacerte daño. —*¿Fio? ¿Todo okay?*

No contesté. Sentía mis labios fríos como el hielo, como si jamás pudiera volver a hablar. Como si el tipo les hubiera sellado de una vez para siempre.

Como si yo ya estuviera muerta.

Negué con la cabeza. No, nada estaba okay. Más exactamente, aquí nada estaba okay y ya nunca más volvería a estar.

Por lo menos, no por sí solo.

Aturdida, miré a hurtadillas hacia los móviles depositados en una caja al lado del atril del profesor. Relucientes, pequeños portadores de esperanza, cuidadosamente colocados unos encima de otros. El mío estaba arriba del todo. Introducido en una carcasa amarilla de plástico estampada con la imagen de cachorros de perro que me sonreían.

El desconocido se había girado, palpaba con la mano libre en la extraña bolsa sobre su hombro. Una bolsa grande.

Pensé: si me estiro mucho podría hacerme con el móvil con la punta de los dedos, podría tirar de él debajo de mi mesa, encenderlo y apretar la llamada de emergencia.

La llamada de emergencia.
La llamada de emergencia.
La llamada de emergencia.

—¡Fio! —Greta me agarró del hombro, se había dado cuenta de lo que me proponía, se había dado cuenta de que era una locura. Y las profundas arrugas en su frente delataban claramente que ella no iba a quedarse mirándome. *"Prométemelo"*, rogaban sus ojos. *"¡Prométeme que no lo harás!"*.

Me dejé resbalar más abajo en el asiento, más abajo, más abajo, todavía más abajo… Mi mano se desplazó hacia delante, temblando, pero rápida, ahora solamente a unos pocos centímetros de la caja.

Greta jadeó.

Él no se dio cuenta.

—Debería poner los móviles en otra parte —dijo Greta.

Me sobresalté, retiré rápidamente mi mano. Entre yo y los móviles había, de pronto, un muro insalvable. ¡Cómo podía hacerme eso!

De una zancada, el desconocido estaba junto a nosotras, con el arma firmemente sujeta. Olía a sudor y a un detergente indeterminado, su respiración sonaba como la de una animal hambriento.

—De lo contrario, se podría intentar dar la alarma —explicó Greta sin mirarme—. Con los móviles. De la caja. —Se calló.

Le siguió un silencio aterrador, todos esperábamos a cómo reaccionaría el desconocido. ¿Agradecido? ¿Furioso?

Podía oír formalmente cómo rumoreaba detrás de la máscara. Seguro que se preguntaba qué significaba aquella acción. Si sería un truco para neutralizarlo, algo genial, sin tenerle miedo. Cuando, en realidad, únicamente era una simple traición. Despacio, muy despacio, el desconocido se inclinó y levantó la pequeña caja mientras mantenía encañonada a Greta.

Ella no se inmutó, solamente miró hacia delante en silencio.

Traidora.

El desconocido se desplazó hacia la ventana a la velocidad de un caracol, la pistola fijamente dirigida al pecho de Greta.

El señor Filler levantó los brazos y volvió a bajarlos. No dijo nada.

Con el codo, el desconocido abrió el pestillo de la ventana y empujó el cristal hacia arriba. Hasta nosotros, llegó un aire frío, llevando diminutas gotas de lluvia a mi mesa. El desconocido hizo un movimiento y…

No.

Algo en mí se negaba a encajar las partes sueltas de la escena. La caja. El sonido tintineante de la pequeña tapadera rectangular. La mano del desconocido. La ventana, donde todavía seguían adheridas las gotas de lluvia. Y, finalmente, el retumbar de algo viniendo de algún sitio de abajo.

Se extendió un suspiro colectivo. Ida-Sophie apretó la mano contra la boca para evitar llorar. Aline no pudo reprimir un chillido.

Nuestra última posibilidad de estar en contacto con el mundo exterior.

Yo la había echado a perder.

Automáticamente, cada uno pensó en las muchas cosas que habían sido arrojadas con los móviles a las profundidades, las numerosas fotos y noticias, que ahora estaban sobre el suelo del patio hechas pedazos. Me vinieron a la mente fotografías de Safran, Safran siendo un cachorro dentro de una papelera, Safran con pequeños palos en la boca sobre el hielo y con la nariz de payaso en Carnaval, Safran con Mila en el College Park.

Perdido. Para siempre.

E inmediatamente, todo sucedió muy deprisa. Voces del altavoz gritando entremezcladas, ruido sordo de botas sobre el asfalto. Allí abajo tenían que estar los policías, quizá ya se hubieran distribuido por todo el edificio. Tan cerca estaba ya la salvación…

Sin siquiera darme cuenta, salté de mi silla y me lancé en dirección a la ventana.

Yo ya no tenía cuerpo.

Yo era un puro manojo de pánico.

—¡Socorro! —salió de mí—. ¡Socorro! —Cuando él me cerró el camino, continué gritando en medio de su cara de máscara—. Si tú te quieres suicidar, hazlo, pero ¿qué tiene eso que ver con nosotros?

Mi voz sonaba muy extraña, ronca, desesperada, deshilachada al final. Demasiado estridente.

SEÑOR FILLER

Hubiera deseado darle una bofetada personalmente. ¡Lo sucedido ahora era lo más torpe, lo más equivocado, lo más idiota que se podía hacer!

Con dos movimientos de mano, él la había sujetado. De todas formas, ella no pesaba mucho.

Del sobresalto, Tamara casi rueda de la silla cuando él tiró de Fiona hacia la ventana sujetándola por el cuello, la pistola fuertemente apretada contra su mejilla.

Greta abrió la boca como si quisiera decir algo, pareció, sin embargo, pensarlo mejor y, en su lugar, mordió la montura de sus gafas.

Cerré brevemente los ojos.

Un tintineo, el pequeño cactus, que mi tío me había regalado al convertirme en funcionario, cayó retumbando y esparciendo la tierra por las baldosas.

El desconocido había empujado a Fiona por encima del alféizar de la ventana.

En alguna parte, muy lejos, oí la voz la voz de mi amiga: *¿Y tú no hiciste nada para salvarla? ¿El tipo agarra a una de tus alumnas y tú ni siquiera lo intentas?*

Como una muñeca, Fiona colgaba de su puño mientras las gotas de lluvia la golpeaban en la cara y el viento revolvía su corto cabello.

Sentí escalofríos, todo mi cuerpo temblaba, no de miedo sino de furia. ¡Furioso por aquella estúpida chica!

—También a mí me gustaría saber qué tiene que ver esto con nosotros. —Mark. También éste.

—Quiero decir que usted se pone esa ridícula máscara, entra aquí, nos amenaza... ¿Qué quiere usted? ¿Qué quieres tú?

Sin retirar la mano de la nuca de Fiona, el armado se volvió hacia él. Su cara de cartón piedra sobresalía resplandeciente en blanco bajo la oscura capucha, añadido a los impasibles orificios de las cuencas de un verdugo. *Él mismo ya no se ve a sí mismo como persona*, pensé, *se considera como un ejecutor, libre de toda responsabilidad. Un sin ley que únicamente vive según sus propias, bizarras reglas.*

Si, realmente, para él existían algo así como reglas...

Un golpe. El armado tiró nuevamente de Fiona y cerró violentamente la ventana. La sangre resplandecía en el labio inferior de ella. Brutalmente, la empujó alejándola de él, de vuelta a su sitio.

En lugar de una respuesta, se dirigió a la pizarra, cogió uno de mis nuevos *Boardmarker* y escribió. Solamente tres palabras, en negro, inclinadas hacia la derecha, algo torpes.

¿De qué conocía yo esa caligrafía?

MARK

Antes de ir a la escuela, las letras eran para mí como un código secreto, uno que únicamente dominaban los adultos y que yo imprescindiblemente quería descifrar. *¡Leer, eso es algo para mujeres y débiles!* Algo que nunca acepté de mi padre. Para mí, estaba absolutamente claro que si, por fin, sabía leer, entonces nada podía pararme, entonces yo estaba informado. Sobre todo.

Ya, y después llegué a primero. Y en cuanto supe qué significaba moco, desapareció toda la magia para siempre: *A Anna le gusta el helado, Tomi juega con el balón*. Y más tarde: *La sustracción es la adición de la equivalencia.*

¡No, gracias!

FIONA

No me había golpeado. Solamente agarrado de los pelos y de la nuca, zarandeado como a un perro mojado. El sabor a sangre no vino por su culpa. Yo misma me había mordido el labio. Dolió, pero podría haber sido peor. Mucho peor, si no hubiera sido por Mark.

Alguien te ha salvado la vida. El pensamiento sonaba irreal, me metía miedo y, a la vez, me alegraba. ¿En qué historia había ido a parar? Había leído tanto, sobre amor, muerte, traición… Ahora, yo misma estaba metida en una. Un mundo en el que todo cuenta, menos el siguiente examen de matemáticas. *A partir de ahora, siempre tendrás algo que contar,* me vino a la cabeza, *en los recreos, en los parties, siempre. ¡Quizá seas invitada a un Talkshow!*

Si sales sana de ésta…

No recuerdo cómo regresé a mi sitio. ¡Solamente quería alejarme de aquel monstruo enmascarado y de sus terroríficas manos! Sentía escalofríos y el pelo me caía en mechones sobre la cara, goteando delante de mí sobre la mesa.

Plaff.

Plaff.

Plaff.

Había podido ver a los policías, lejos, por debajo de donde yo me encontraba, calados, pero completamente equipados. Había visto sus fusiles de asalto, sus cascos, los gruesos, negros uniformes de asalto y su expresión de horror al descubrirme a mí y al desconocido en la ventana. Había visto cómo habían retrocedido, vociferaban acaloradamente por el megáfono y hablaban entre ellos. Había comprendido que teníamos que seguir arreglándonos solos.

A mi lado, sentí el cuerpo tembloroso de Greta y

me hubiera gustado sujetarla y zarandearla como antes el desconocido a mí.

—Fio, lo… —comenzó. Sin embargo, ni siquiera me giré hacia ella. ¿Dónde estaba la salida de esta maldita pesadilla?

Ya no recuerdo cómo conseguí levantar la cabeza y juntar los danzantes signos de la pizarra. Podría haber sido chino o árabe. Por un momento, me pareció como si mis ojos hubieran olvidado interpretar rayas y curvas, como si todo aquel rollo que me había tragado nunca hubiera existido.

Mis últimos deseos. Eso era lo que ponía allí. Nada sanguinario, nada monstruoso. Solamente esas tres sencillas palabras.

Mis.

Últimos.

Deseos.

¿Era ese el motivo por el que él estaba aquí? ¿Porque su último deseo era atacar abalanzándose armado contra un grupo de escolares?

Si era así, entonces estaba sencillamente enfermo, más que enfermo. ¿Qué podía tener contra nosotros?

Todavía recuerdo cómo, cuando yo era pequeña, tenía siempre mucho miedo a salir siquiera delante de la puerta si se había hecho de noche, aunque sólo fuera para dar de comer a los conejos. De alguna manera, cada vez, sentía la amenazante sensación de que alguien estaba acechando horas enteras detrás de los toneles para la lluvia únicamente para matarme. Quizá también tú conozcas, si apagas la luz de noche, ese pánico absolutamente irracional como si, de pronto, el mundo se hubiera vuelto más peligroso porque tú has apretado el interruptor de la luz. De niño, eso todavía puede suceder, pero, en mi caso, a medida que me hacía mayor, esa sensación no se debilitaba, sino que se volvía peor. Imaginándome atentados cada vez más detalladamente y más sanguinarios en la oscuridad. Al principio, solamente eran cuchillos y fusiles, más tarde también hachas, lazos estranguladores. Mi fantasía era ilimitada. "Fio, cariño, tú eres normalmente tan sensata", intentaba mi madre quitarme esa sensación. Pero no ayudaba.

Solamente con la visita de mi tío padrino, la situación mejoró al admitir ante él, resistiéndome, por qué no me atrevía a llevarle a Alma y a Effie zanahorias frescas. Mi tío padrino trabajaba en la policía como comisario jefe y, en contraposición a mis padres, me tomó en serio. Inmediatamente, envió fuera de la habitación a mis hermanos, sacó su bloc de notas y me preguntó, completamente serio, si yo tenía algún enemigo, si en el último tiempo habían merodeado a mi alrededor tipos raros o si yo estaba metida en algún asunto delictivo. Su conclusión: después de amplias pesquisas policiales, no se apreciaba en mí ningún eminente peligro de ser asesinada.

¡Funcionó! Si tenía que ir sola a oscuras a través del jardín, sabía exactamente que no había en absoluto motivo alguno para hacerme daño. Y, por lo tanto, no me podía suceder nada. El experto había hablado, el caso estaba resuelto: yo no era ninguna víctima.

Hasta ahora…

Sencillamente, no lo comprendía. No podía comprender cómo podía haber sucedido todo aquello, el tipo con la pistola, la ventana, aquella terrible situación. ¿Es que mi tío no se había dado cuenta de algo? ¿Es que sí había un motivo por el que alguien podía haberse interesado por mí?

¡Pum! Antes incluso de que yo hubiera podido dar con el sentido de la frase, el desconocido dejó caer con un golpe seco un pequeño paquete anudado en la mesa. Sobres de cartas, diez por lo menos. En el primero, destacaba un gran, negro uno.

¿El primer deseo?

Me pasé la mano por la boca.

SEÑOR FILLER

Era absurdo, sencillamente absurdo. Este loco se planta en mi clase, destroza a tiros el mobiliario, amenaza a mis alumnos ¿y todo para qué? ¡Para entregarme un montón de papeles! Una pila de sobres absolutamente normales, posiblemente de la papelería de la esquina.

Eran exactamente diez sobres, estrechos y rectangulares con sello ecológico en el centro.

—¿Qué… eh… qué quiere que haga con esto?

—Mis dedos dejaron pequeñas huellas sobre el papel, sudor sobre blanco.

Como un ejército silencioso, los escolares me miraban, blancas mejillas, sienes humedecidas, ojos tan serios que asustaban.

¿Veía bien? ¿De verdad, había aún esperanza en alguno de aquellos rostros? ¿De dónde la sacaban, por favor? Fabio, con los brazos todavía cruzados delante del pecho. Tamara que, dócil, miraba hacia mí, un cerdito ante el banco del matarife. La pequeña Greta, implorándome con su mirada por encima de las gafas. La penetrante mirada de Sylvester: *Usted conseguirá hacerse con la situación, ¿no es así? ¡No nos dejará tirados!*

Aquel maldito, ingenuo montón. ¿Qué diablos esperaban de mí? ¡Yo era profesor, no jefe de una misión imposible!

La única que, como siempre, miraba impasible desde la ventana a través de su cabello lila era Jill. Me afectaba presenciar cómo miraba fijamente el conglomerado de nubes con sus ojos enmarcados en negro.

Ah sí, y naturalmente Mark. Se mantenía impasible en su silla y observaba el sudor de mi frente. Nunca me había respetado, puro desprecio desde la primera clase. Propio de Mark Winter. Todo en él expresaba que ya sabía que yo iba a fracasar.

Respiré profundamente y me giré en la silla, dejando de mirar a la clase, hacia el hombre enmascarado con la pistola.

Solamente con la simple confirmación de su presencia me había casi derribado.

Él seguía allí. No se había disuelto en el aire, como en secreto yo había confiado. Esto no era ninguna fatamorgana, continuaba siendo real. Un montón de tejido respirando, un cañón de pistola reluciente, manos que tenían el poder de matarme.

Por favor, no. Por favor, por favor, no. ¡Por los escolares, por Valérie y sí, también por mí *mismo!*

No quiero morir todavía.

No puedo morir todavía.

No estoy preparado, de la cabeza a los pies.

—Ya, bien… —Levanté la pila de sobres, esperé a una aclaración o, quizá, a una orden. Algo para poder valorar mejor la situación. Para coordinarme. Poner en marcha medidas adecuadas. En definitiva, para todo había soluciones. ¿O no?

MARK

Sobres para cartas, un montón de sobres. ¿Es que eran todos para nosotros?

Después de lo que él casi había preparado con Fiona, nadie más se atrevía a hacer una pregunta. Yo tampoco. Fiona y yo, terminábamos de librarnos y no me proponía ofrecerle otra oportunidad, confiando intensamente en que ella tampoco lo hiciera.

Tenía su blusa verde clara pegada a la piel y sus hombros me parecían aún más frágiles que de costumbre. Se podía apreciar su dificultad para mantenerse erguida sentada.

Fiona Nikolaus.

Desde el incidente ante la ventana, ella ni siquiera se había vuelto hacia mí una sola vez, aun así, de alguna forma me sentía unido a ella como por un hilo invisible. Dos personas, dos casi muertos, algo así une, incluso cuando una de ellas es un supertalento y la otra un cabeza hueca y un bocazas.

Tú eres tan lista, intenté comunicarle telepáticamente, *haz el favor de cuidarte.*

El tipo no iba a permitir un segundo acto de rebeldía, de eso estaba seguro. El incidente de la ventana le habría costado, sin duda, algunos nervios. De todos modos, ahora estaba furioso, lo que significaba que cometería errores. E incluso si no… todo era mejor que aquella fría paz de asesino.

Mis últimos deseos.

Quizá averiguáramos, por fin, qué quería decir con ello. Por qué nos había elegido a nosotros. Y, sobre todo: qué quería hacer con nosotros. Yo tenía bastante curiosidad por saberlo, aunque mi estómago estaba a punto de meter la marcha atrás.

—¡No abrir! —Caliente y húmeda la mano de la pequeña colgaba de mi puño, sus mejillas ardían—. No abrir —susurró—, ¡eso seguro que empeorará todo aún más!

Un solitario rayo de sol se abrió paso a través del techo de nubes, bañando el Monte del Destino en una fantasmagórica luz.

Viejo, qué mañana.

Había algo de ceremonioso en cómo el desconocido alargó la mano y señaló con un acentuado gesto hacia los sobres. Como si hiciera entrega de un diploma.

O de una sentencia de muerte.

El señor Filler no se movió, casi parecía como si fuera a quedarse dormido en cualquier momento. Daba la impresión de que hubiera envejecido años en los últimos minutos. Se había vuelto demacrado, ciertamente esmirriado. Si esto continuaba así, pronto no sería necesaria una ejecución.

—¿Eh, señor Filler? —Greta alzó su débil voz—. Creo que es mejor que lo abra. Por favor.

Los párpados del señor Filler temblaron. Interrogante, miró a los alumnos parpadeando bajo la luz del sol.

Asentimos.

Cuando, finalmente, llegó su respuesta, sonó más como una tos que como una palabra —O... Okay —Se dio a sí mismo un empujón y cogió el sobre de arriba, el señalado con un uno—. ¿Debo empezar con él?

De nuevo, el armado asintió, más enérgico esta vez.

Rasgar

Crujir.

Silencio.

Me incliné hacia delante, tanto que sin darme cuenta golpeé a la pequeña en la espalda. —Perdona —murmuré mientras estaba exclusivamente pendiente de la carta, mirando fijamente como hipnotizado la hoja de papel que mantenía el señor Filler en la mano. *Léela en voz alta de una vez, léela...*

Todos estábamos pendientes del trozo de papel cuando el señor Filler se dispuso precipitadamente a leerlo.

—**Primer deseo:** Señor Filler —dudó y después continuó algo más lentamente—, escupe a Greta en la cara.

FIONA

Noté cómo Greta, a mi lado, se ponía rígida cuando su nombre fue mencionado. *¡Precisamente Greta!*

"Ojalá consiga algún día ser tan alta como tú", había dicho unos días antes. "Tengo siempre la sensación de que necesito ponerme de puntillas si quiero hablar con alguien".

Ese *alguien* era el señor Filler, estaba claro. Pero yo no lo dije.

—Tú tienes la estatura ideal —había contestado yo en su lugar—. De arriba abajo, de la cabeza a los pies —y lo decía en serio.

Greta era sencillamente la persona más correcta que yo conocía. Era una de esas personas increíblemente raras que no viven para ellas, sino únicamente para los demás. Tan perfecta que, en ocasiones, te podía atacar un poco los nervios.

Si me encontraba con ella en la cola del quiosco del colegio y uno de los pequeños se colocaba detrás de nosotros, lo dejaba pasar delante. Y daba lo mismo que las galletas de chocolate, a las que todos éramos adictos, se hubieran agotado cuando nos tocara a nosotras. Si alguien estaba sentado solo en el pabellón de recreo, me tiraba de la manga e iba a sentarse a su lado. Y daba lo mismo lo agradable, lo gordo o aburrido que el otro fuera. Y si alguien tenía un auténtico, verdadero problema, iba a hablar con ella y no con el señor Filler.

Recuerdo cómo nos conocimos. Fue escalando, unos años antes de terminar juntas en la misma clase. Ella tenía trece años y yo doce y, a pesar de que hace tiempo que participábamos juntas, hasta ahora yo no había intercambiado una sola palabra con ella. Nunca se lo he mencionado, pero hasta entonces siempre había pensado que iría, al menos, tres cursos por debajo que yo. Entonces, sencillamente no soportaba tener algo que ver con alguien que fuera más joven y mejor que yo. Con los mayores, estaba bien que yo estuviera a la sombra, eso sí lo soportaba. De lo contrario, difícilmente hubiera podido vivir bajo el mismo techo con mi hermana.

Y, de pronto, repicó aquella campana de barco a través de la sala, desde arriba, muy arriba. Greta saludó hacia abajo y el entrenador anunció orgulloso que ella era la primera alumna de quinto que había superado la distancia de cabeza. ¡Lo aliviada que me sentí cuando supe que tenía un año más que yo! De pronto, ya ni siquiera me importaba felicitarla. Y después de que juntas hubiéramos llenado de humo la cocina en clase de cocinar pizzas, estaba incluso orgullosa de mi amiga de escalada. Greta era una persona de sentimientos y acción, yo más bien cerebral, así era. Ella me enseñaba los mejores trucos, me ayudaba en todo aquello que exigía habilidad, yo soy un desastre al respecto. Juntas, empapelamos de nuevo, y por fin, mi habitación; esto es, ella aplicaba la cola a las paredes y yo a mi ropa. Al terminar, el aspecto de la habitación era *cool*, con tapetes que le daban la impresión de una larga, larga cordillera, recubierta de nieve brillando al sol. En contrapartida, más tarde yo le expliqué durante horas cómo se resuelven las fórmulas de binomios, ella era un desastre en esto. "Tengo que palparlo para comprenderlo", decía con frecuencia. Y lo contenta que estaba de tenerme a mí para explicárselo.

Nos convertimos en un equipo invencible, Greta y yo, pero eso no era lo mejor. Lo mejor era que yo podía confiar en ella. Siempre.

O, digamos, casi siempre.

Greta, la traidora. Hacía daño pensarlo. De alguna manera, se sentía incluso falso. *Ella tiene sus razones para lo que ha hecho*, susurraba en mi interior. *Greta nunca hace nada sin un motivo.* ¿Por qué el desconocido la había tomado con ella?

Le apreté su mano bajo la mesa. *Un poco de saliva*, quería decirle, *sobrevivirás a esto*. Se aferró a mis dedos. —Lo superarás —le susurré.

El señor Filler retrocedió un paso. —Pero yo… ¡yo soy profesor! —Como si no lo supiéramos todos—. ¡No puedo hacerlo! ¡Eso es imposible para mí!

MARK

Mintió.

Hay determinadas cosas que todos somos capaces de hacer. Comer, dormir, beber… Y escupir. Quizá no todos acierten a la primera con el poste de la farola al otro lado de la calle. Pero escupirle en la cara a una chica desde una distancia de veinte centímetros, eso, verdaderamente, no tiene nada de extraordinario. Acumular líquido en la boca, coger aire, afilar los labios. Fuego a discreción, diría Sylvester, *cualquiera lo consigue*.

Independientemente de esto, yo no lo creí. No solamente con lo del escupir, no le acepté el espanto con el que reaccionó. No estaba bajo un *shock*.

Por lo menos no tanto como hubiera sido normal en un profesor.

SEÑOR FILLER

En ninguna otra profesión te encuentras diariamente con tanto rechazo como en la de profesor. Los alumnos te odian. Quieren que fracases y se alegran si estás enfermo. Nunca olvidaré los saltos de alegría que dieron un par de escolares de quinto en la escalinata del edificio cuando un colega fue ingresado en el hospital con una fractura de cráneo. *"¡Seis semanas, sin natación! ¡Si tenemos suerte, incluso ocho!"*.

Es cierto que, de vez en cuando, pedagogos alejados de la realidad opinan que hay que verlo como un trabajo de equipo, alumnos y profesores como una comunidad unida por la voluntad de la verdad, ¡aleluya! Pero eso no es así; todo lo contrario, los alumnos se defienden con uñas y dientes en contra, especialmente contra mates. *Quieren seguir siendo ignorantes.*

Y, por eso, cada hora de clase es una lucha. No directamente contra los propios alumnos, pero sí contra su apatía, vagancia, desinterés y sus ausencias hormonalmente condicionadas.

Mi antiguo docente de ciencias de la historia siempre me había advertido: "La escuela, es como en el ejército cuando los dos enemigos están uno frente al otro en el campo de batalla. Cada uno de ellos odia al otro, ninguno lo siente como algo personal y, al final, todos están muertos".

Desde entonces, he acumulado seis años de experiencia y tengo que decir que eso no es del todo cierto. Porque en la batalla profesor/alumno se da una decisiva diferencia: como profesor, no se te está permitido devolver los golpes. Cuanto más te falten los escolares al respeto, más respetuoso y comprensivo tienes que ser tú con ellos. Si un alumno tiene un mal día, se desahoga contigo. Si tú haces lo mismo, eres despedido.

A no ser que te hubieras visto obligado a ello.

FIONA

—Greta, lo siento muchísimo. —Finalmente, el señor Filler dio un par de pasos hacia nosotros. Una pistola puede ser tremendamente convincente.

—No se preocupe, hágalo —carraspeó Greta—, no es tan grave —mientras se aferraba a sus gafas como a un salvavidas.

No, no era grave. Lo verdaderamente grave lo comprendí un par de latidos de corazón más tarde: el tipo nos conocía. Con nombres. Y no solamente al señor Filler, sino también a Greta y si conocía a Greta, entonces seguro que a mí también y a Tamara y a Sylvester y, en realidad, a todos nosotros. No era alguien que se hubiera escapado de un manicomio. Era uno próximo a nosotros o que había estado cerca de nosotros.

—Lo siento —dijo el señor Filler de nuevo y se acercó todavía un poco más, la espalda extrañamente contorsionada.

Estaba guapo, sin discusión. Un poco como una de las figuras de Playmobil de mi hermano: liso, tenso, recto, con grandes ojos azules y cabellos como un casco rubio.

Y aun así, yo jamás me enamoraría de un profesor de mates diez años mayor. No mientras hubiera chicos como Sylvester.

Oí cómo Greta aspiraba profundamente aire. Exactamente así debía haberlo soñado en sus sueños diarios: el señor Filler aproximándose a ella, acercando su cabeza a la suya, la miraba a los ojos, afilaba los labios y… Un sueño transformado en todo lo contrario. Observé al hombre de la máscara. ¿Por qué sabía de las ensoñaciones de Greta? ¿Y si lo sabía, por qué le daba tanta importancia a destruir su idealizada imagen?

—Usted se está repitiendo —retumbó desde el sitio donde se encontraba Mark, al final del aula—, todos nosotros sabemos que no es idea suya. Por lo que usted no será despedido, ¿qué significa este teatro?

Estuve a punto de exclamar "exacto" solamente para no sentirme desvalida más tiempo. Pero algo en el temblor de la comisura de los labios de Greta me decía que aquel no era el momento oportuno de apoyar a Mark. A pesar de todo.

Así que de nuevo le apreté la mano con fuerza mientras el señor Filler aspiraba aire profundamente y cumplía el primer deseo del desconocido con un audible chapoteo.

Greta parpadeó. Espumosa, la saliva le resbalaba por la mejilla. Algunas gotas aisladas habían quedado atrapadas en sus pestañas.

Lentamente, se pasó el dorso de su mano por encima. —No pasa nada —murmuró con la mirada fija en el tablero de la mesa.

Rebusqué en mi cazadora un pañuelo, pero Tamara, desde la mesa de al lado, se me adelantó.

—Coge todos los que necesites —susurró y le lanzó un paquete de pañuelos de papel—. Quédate con él.

—Gracias, muy amable —contestó Greta.

Así era ella. No permitía que nada ni nadie le quitara sus impecables maneras, tampoco el escupitajo del señor Filler.

MARK

Me sentí verdaderamente contento de que el incidente ya hubiera pasado. Aquellas dudas y lamentos durante horas cuando, sin embargo, todos teníamos claro que a él no le quedaba ninguna otra alternativa y que, naturalmente, no se iba a dejar matar de un tiro, aunque solamente fuera por higiene. Todo resultaba simplemente falso. Según el lema: *ahora hago de profesor sensible, de profesor de confianza, para que más tarde todos puedan testificar mi inocencia.*

"No, yo no escupo a mis alumnos en la cara, tampoco aunque usted me amenace con una pistola", eso sí hubiera sido tener estilo. Pero, naturalmente, hubiera necesitado algo más que un poco de talento como actor.

Si me preguntáis lo que mejor hacen los adultos: mentir. *"¡Oh, qué bonito vestido lleva usted!". "No, tú no has engordado". "¡Nosotros somos una familia feliz!".*

Los niños son incapaces de algo así. Dicen lo que piensan y, por ello, son incluso castigados. *Educación*, se llama a eso. Creedme, yo he vivido esa situación con cuatro hermanos más jóvenes y, cada vez, era lo mismo. Al principio, uno es todavía ingenuo, piensa efectivamente que decir la verdad trae algo positivo. Creed lo que los padres quieren que creas. Después, uno recibe el primer tortazo y ya te has convertido en un sinvergüenza. Con otras palabras: en un adulto.

"¡Sé de una vez adulto!", algo que mi padre me lanzaba una y otra vez a la cara, delante de las preocupadas mujeres, a la espera de que yo sacara alguna enseñanza… Pero podían esperar sentados a que me incorporara a su club de hipócritas. ¡Yo me negaba! Aquí está

negro sobre blanco para que tú lo sepas y también el resto del mundo: no acepto las instrucciones de uso. Expúlsame, ¿entendido?

Si algo he aprendido de mi padre es que jamás quiero ser como él.

Sorry, si con esto no cumplo vuestro "horizonte de expectativas".

Profundamente confuso, pero ya algo relajado, nuestro "el más sensible" trotó de regreso al montón de sobres. Escondiéndose en las profundidades de su americana con el efecto de hombros anchos. *Mentiroso de la cabeza a los pies.*

Naturalmente, el enmascarado no había guardado la pistola. Únicamente que ya no la dirigía hacia el señor Filler, sino a los sobres, exactamente a uno determinado. Incluso desde mi pupitre, reconocí el grueso número dos escrito en negro con rotulador.

El juego apenas acababa de empezar.

SEÑOR FILLER

Al fijarme nuevamente en los sobres cerrados, que esperaban ser leídos, me sentí mal. *Lo de ahora solamente había sido el comienzo,* parecían decirme, *todavía pasará mucho, mucho tiempo hasta que el último deseo se cumpla.*

Apenas a dos metros de mí, Greta se limpiaba la saliva de su cara. Mi saliva.

Levanté el segundo sobre. Me concentré completamente, evitando rasgar el fino papel del interior, solamente para alejar la sensación de satisfacción de mi recuerdo. ¿En qué me había convertido aquel loco?

Tú no tenías otra alternativa, intentaba convencerme, *era lo mejor para todos los implicados, que tú lo hayas hecho. Cualquier otro profesor hubiera actuado así. Fuera o no tutor.*

Mejor no me imaginaba lo que Valérie diría. Veía a mi amiga delante de mí, cómo me sentenciaba, cómo me lanzaba, con los ojos centelleantes, su compendio de conocimiento de la moral de su estudio de filosofía y, claro… claro, ella tenía razón. No se escupe a nadie al que te ordenan proteger. Lo que yo había hecho era erróneo.

En alguna parte.

No aquí.

Saqué la siguiente hoja y, al instante, me sentí aliviado. Mi nombre no aparecía, aquel deseo no tenía que ver directamente conmigo.

Leí en voz alta:

—**Segundo deseo:** Tamara intercambia sus trapos con Jan.

Ahora, después de que los dos alumnos fueran mencionados, apenas si alguno se fijó en mí. *Qué alivio.*

Con cuidado, para no poner nervioso al loco, rodé a un lado sentado en mi silla, en dirección a la ventana, donde el aire, después de tenerla abierta un momento, era algo más fresco. Mis pulmones casi se habían olvidado de respirar. Me respaldé y respiré profundamente una bocanada de oxígeno.

Provisionalmente, estaba fuera del punto de mira.

FIONA

Compasivos suspiros se extendieron apenas el señor Filler terminó de leer la frase: *Oh, no. Esos dos no.*

Tamara y Jan no eran amigos, pero tenían algo en común: ninguno de los dos era delgado y ambos sufrían por no serlo, especialmente Tamara. Quizá se debía a que el cuidado del cuerpo no era tan dispar en ninguna otra clase como en la nuestra. A un lado, se encontraban Sylvester, Luca y Fabio, que siempre tenían un aspecto como si vinieran directamente del gimnasio, algo que, principalmente, tenía que ver con que ellos casi siempre venían, efectivamente, del gimnasio. Casi todos aquellos chicos aparecían en su foto del perfil con el torso desnudo, sobre todo Sylvester, y, aun así, su imagen no empeoraba. Habría que añadir las atléticas Ida-Sophie y Jill, con un cuerpo de ensueño, que sí llevaban el torso cubierto pero que en las fotos parecía como si fueran a quitarse la ropa en cualquier momento.

Bueno y, al otro lado, estaban ellos, Tamara y Jan. No gordos, pero un tanto rechonchos y, en comparación directa con Sylvester o Ida-Sophie, altamente sobrados de grasas. La foto del perfil de Tamara no la mostraba a ella, sino una flor, un tulipán, creo, cuando hacía tiempo que había pasado la época de los tulipanes. La de Jan era la fotografía de un borroso delfín que él había fotografiado en vacaciones.

A mí esto me parece bien. Incluso encuentro positivo diferenciarse así de la masa. ¡Y en absoluto tengo nada en contra de tulipanes y delfines!

Naturalmente, esas fotos no invitaban precisamente a aumentar su tamaño.

—¿Cómo? ¿Intercambiar? —Instintivamente, Tamara cruzó las manos delante del pecho. Tenía la boca entreabierta, como un pez de colores que nota que su acuario está siendo inclinado—. ¿Aquí?

Desde que Jill se interesaba más por chicos que por su rellena amiga, Tamara se sentaba al lado de Greta y de mí. Sola en una mesa para dos. A Greta le daba pena, por lo que yo también me esforzaba en conversar un poco con ella de vez en cuando. Era agradable y su figura me era indiferente. Solamente te ponía nerviosa que no tuviera nunca su propia opinión sobre nada y sobre nadie. Se reía con los demás sin saber por qué, estaba de acuerdo antes de saber exactamente de qué iba, en realidad, la cosa.

A veces, me preguntaba si su constante *"Sí, cierto"* también lo habría soltado si yo hubiera afirmado que los nazis eran tipos estupendos o que el Sol no era una estrella, sino el limón más grande del Universo.

MARK

—Yo no me quito la ropa —Jan se aferró con expresión pétrea a su silla. Sus dedos se volvieron completamente blancos—. Esto es… verdaderamente, perverso. Delante de toda la clase.

Creo que era la primera vez que se oponía a algo. Aunque no se puede saber, quizá solamente era la primera vez que también lo expresaba.

Entonces, Jan y yo repetíamos curso y, ciertamente, eso tendría que habernos unido. Y claro que él era un tipo majo. No un guaperas como Sylvester ni ningún empollón como Fiona, ante la que uno siempre tiene miedo de decir algo estúpido. Pero si se hablaba con él, era como si se parloteara con un loro que no había aprendido otra cosa que "opino lo mismo". Especialmente si estaba fumado.

—Sí, cierto —reafirmó Tamara—. Opino lo mismo.

SEÑOR FILLER

Quizá todo hubiera sido distinto si el primer deseo no hubiera sido dirigido directamente a mí. O si yo me hubiera negado a cumplirlo.

Pese a que ambos se esforzaran todo lo que quisieran en enfrentarse al deseo del hombre armado, en realidad, ya habían perdido y ellos también lo sabían.

Porque si Napoleón ha capitulado ¿quién de verdad va a enfrentarse?

Lástima que yo no sea ningún héroe, pensé avergonzado, mientras Tamara se sacaba la blusa por la cabeza y Jan su jersey. Los dos acataban la orden del desconocido como yo lo había hecho antes.

Me hubiera gustado ser un héroe, sí, un héroe. Pero no un mártir.

FIONA

Greta fijaba la mirada en sus manos como hipnotizada y yo no podía evitarlo. Tenía que mirar.

Contemplé cómo Tamara se desabrochaba los *jeans*. Contemplé cómo Jan dejaba al descubierto su tatuaje en la espalda, un delfín saltando por encima de un corazón, horriblemente *kitsch* y tampoco dejé de mirar cuando ambos se quedaron en ropa interior. Sus espaldas relucían pálidas a la luz de la lámpara del techo. Todo el cuerpo de Tamara se estremecía y sus manos temblaban al ajustarse correctamente sus bragas, color lila y con un dibujo del ratón Mickey, algo pequeñas en los bordes.

Exceptuando el ruido de la ropa, el silencio en el aula era penoso, únicamente a Ida-Sophie se le escapó una risita. En realidad, apenas audible, pero la odié.

Y, por lo menos, conseguí liberarme de la grotesca imagen de ambos.

MARK

Quizá en cada uno de nosotros habita bien oculto un pequeño sádico. ¿Por qué si no nos reímos cuando un piano cae sobre la cabeza de un gato en una película de dibujos animados? ¿O, precisamente, se obliga a los dos alumnos más gordos a realizar un *striptease* delante de toda la clase?

Como si se hubieran puesto de acuerdo, Tamara y Jan pasaron delante de las mesas, acompañados por la mirada de toda una clase de alumnos, incluso la pequeña miró fascinada hacia los dos masivos cuerpos que, ante ella, se movían uno hacia el otro. Tamara mantenía el montón de ropa apretado fuertemente contra sus pechos (por cierto, unos pechos considerables). Creo que estaba a punto de echarse a llorar. Los rasgos del rostro de Jan eran absolutamente inexpresivos y, sin embargo, sus manos se habían convertido en puños.

Al llegar al centro del aula, intercambiaron rápidos la ropa y se vistieron con los nuevos trapos. Jan recibió la blusa de Tamara y Tamara los pantalones *Baggy* de Jan.

—¡Dejad de mirarlos, mirones! —gruñó Jill y expresó lo que todos pensábamos sin atenernos a ello.

FIONA

Es difícil decir cuál de los dos tenía un aspecto más ridículo: Tamara dentro de sus desgastados y gigantescos pantalones o Jan con la estampada blusa amarilla de flores de Tamara. Hacía rato que Ida-Sophie no era la única que no podía aguantarse las risitas. Incluso yo misma no pude reprimirme una pequeña sonrisa, pese a la compasión, a pesar de la amenaza. Simplemente porque la impresión que daban era patéticamente divertida.

Seguro que Mila no se hubiera reído; de inmediato, cesó el cosquilleo alrededor de la comisura de mis labios. De nuevo, me puse seria, seria como el palo de una escoba. Miré por encima de las dos hacia el hombre armado. ¿Qué es lo que intentaba?

Imposible adivinar sus emociones detrás de la máscara. ¿Disfrutaba del espectáculo? ¿O hacía tiempo que su mente estaba ya con el pensamiento en su nuevo, siguiente deseo?

El siguiente deseo. Me ponía mala al pensar en ello. Primero, escupir. Después, desvestirse. ¿Qué sería lo siguiente?

Tamara se había sentado de nuevo en su sitio. Hasta mí, llegó el olor a sudor y desodorante de hombre. Naturalmente, del jersey de Jan.

—Por lo menos, tú ya lo has pasado —susurré hacia ella—. Alégrate.

Quién sabe qué vendría todavía.

SEÑOR FILLER

Rápidamente, demasiado rápidamente, la atención se dirigió de nuevo hacia mí. Miradas interrogantes para las que yo no tenía una respuesta. Rostros desesperados que esperaban a que yo interviniera. A que gritara mi viejo conocido "Basta ya de cacareos, aquí no somos un corral de gallinas".

Algo que no hice. En su lugar, me quedé sentado, mudo e inmóvil, y noté cómo las manchas de sudor bajo mis axilas se convertían en océanos.

El desconocido empujó el siguiente sobre hacia mí. Había sido un error retroceder hasta la ventana, de lo que inmediatamente fui consciente cuando intenté rodar con la silla lo más rápido posible. Algo así funciona siempre, pero no cuando los alumnos te están mirando. Una de las ruedas se enganchó, por lo que tuve que empujarme por lo menos cinco veces desde abajo hacia arriba hasta que, finalmente, pude llegar al atril. Patético.

Leí en voz alta antes incluso de haber leído el texto completo:

—**Tercer deseo:** Svea, rapa la cabeza a Ida-Sophie.

FIONA

Esta vez, no reprimí mi risa. No pude evitarlo, explotó literalmente en mí hacia fuera. Un ahogado, histérico bufido. *Ahora te vas a enterar.* Me mordí la mejilla.

Greta, Tamara y también Jan me habían dado pena. Ahí había sufrido y me había avergonzado por mi pasividad. Pero con Ida-Sophie… No, de verdad. ¡Si alguien se lo había merecido, era ésa!

MARK

A nadie le habría resultado tan duro como a Ida-Sophie, la chica con el pelo más genial de todo el curso. Pelos de todas las escalas. Pelos que uno quisiera tocar. Tenían que sentirse como el ovillo del algodón más suave, exactamente tan esponjoso como antiguamente se habían imaginado las nubes.

Sin embargo, yo no podía juzgar con exactitud porque Ida-Sophie no permitía ni siquiera acercarse a su melena. Únicamente si Sylvester tiraba jugando de uno de sus mechones, entonces ella se reía golpeándole en la mano para que lo soltara, como rechazando un cumplido.

Miré hacia ella. Rígida como un palo, Ida-Sophie estaba sentada en su silla mientras la parte superior de su brazo comenzaba a temblar lentamente. Abrió la boca y gritó: —¡No!

Era algo más que una corta exclamación. Era un penetrante grito desesperado que resonó por todo el aula. "¡NO!". Con ambas manos, hundió sus dedos en sus rizos castaños, como queriendo sujetarse en ellos. —Por favor, por favor, ¡yo amo mi cabello! —Un sollozó sacudió todo su cuerpo, apretó con fuerza sus puños alrededor de sus mechones dejándose caer sobre la mesa—. Hago todo lo que tú quieras —imploró.

Seguro que de frente se tendría una más que buena vista de su escote. —Puedes tener todo lo que quieras. ¡Todo! —Esta vez, su voz sonó controlada, casi suave. Se inclinó todavía un poco más sobre la mesa.

Pude observar cómo se tensaban las comisuras de los labios de Sylvester. ¿Qué quería decir ella con *todo*…?

—Todo menos mis pelos. Mis pelos, ¡no puedo, sencillamente, cortármelos!

—Tú no tienes que cortarlos —respondió Fiona—; si he entendido bien, eso es cosa de Svea.

Ida-Sophie levantó la cabeza. Sus ojos estaban rodeados de negros lagos. —¡Qué te follen, Fiona! —bufó.

Se dio cuenta de las tijeras en las manos de Svea cuando ya los primeros mechones caían al suelo.

SEÑOR FILLER

Más tarde, nadie pudo decir de dónde Svea había sacado tan rápidamente aquella, diminuta cosa rosa. La realidad era: ella cortaba y, por cierto, despiadadamente.

Yo pensé que las dos eran amigas…

Desencajada, Ida-Sophie miraba al suelo, allí donde el primer montoncito de pelo había ido a parar. —No puedes hacerlo —balbuceó—, ¡tú sabes cuánto tiempo he necesitado! ¡No puedes hacerlo!

En los dos años que yo llevaba en el colegio, nunca, pero es que nunca, había visto a las dos solas. Donde aparecía Ida-Sophie, Svea o Thea no estaba lejos. En Matemáticas, se sentaban juntas, por carnaval llevaba el mismo disfraz e incluso cuando, durante la clase, desaparecían para ir al servicio, siempre lo hacían juntas. *La princesa está en camino con su dama de compañía*, se me pasaba en ocasiones por la cabeza si me encontraba con ambas durante la guardia en el recreo. Ida-Sophie sobre sus altos tacones, que parloteaba con pies y manos y, mientras hablaba, se retiraba una y otra vez los rizos de la frente. Y al lado, Svea con sus cabellos de un rubio ceniza, la delgada sonrisa. De ninguna manera fea, pero no llamativa. Sobre todo, al lado de alguien como Ida-Sophie.

Como profesor, inmediatamente se busca alguna característica para así poderse quedar con los nombres. No era un milagro que olvidara constantemente el de Svea.

En medio del movimiento, Svea se detuvo. Estaba a punto de separar un rizo especialmente pictórico de la sien izquierda de Ida-Sophie. —Son *pelos*, Ida, entiendes, *pelos*. Si no lo comprendes, tampoco puedo ayudarte.

Y, con ello, volvió de nuevo a su trabajo. Nada fácil con unas tijeras para uñas.

FIONA

Quizá debería aclarar brevemente por qué no soportaba a Ida-Sophie. No es que tú pienses que soy únicamente una asquerosa y maliciosa sinvergüenza.

Sucede que esa asquerosa y maliciosa sinvergüenza era Ida-Sophie.

Tenía aquella mirada con las cejas ligeramente arqueadas y los morritos despectivos, aquella mirada que se pone exclusivamente para machacar al otro. *"¿Oh, Dios mío, pero qué pantalones tan horrorosos lleva ése puestos?", "¿Oh, Dios mío, qué aspecto tiene ésa? ¿Es que la blusa no la había de su talla?", "¿Oh, Dios mío, está llorando?". "¡ODM! ¡ODM! ¡ODM! ¡Qué bueno está el nuevo profe de mates!".*

Hasta séptimo, fue una chica completamente normal, con prótesis dental, flequillo y jerséis de cuello alto. Durante un largo tiempo, fuimos incluso amigas, Ida y yo, pero, de pronto, comenzó a ponerse minifaldas y a encontrar a todo y a todos *uncool* y, a partir de entonces, todo el mundo la venera como a una diosa.

Algo que a mí no me hubiera molestado si Sylvester no estuviera también entre ellos. Sylvester, ¡ella, sencillamente, no se lo merecía!

De todas las chicas que estaban enamoradas de Sylvester, de eso estaba segura, era a mí a la que más terriblemente le había afectado. Ya he olvidado cuándo comenzó todo. Tiene que haber sido en algún momento de quinto, por lo menos no puedo acordarme de un tiempo en el que Sylvester me hubiera parecido un chico normal. Soñaba con él. Me reía con cualquiera de sus chistes por estúpido que fuera. Me imaginaba cómo le acariciaba el pelo, aquel increíblemente negro, sedoso pelo...

Sí, Sylvester era mi príncipe soñado. Pero antes me hubiera arrancado la lengua que decirle algo. Durante el tiempo en el que estuvimos juntos en el mismo colegio, quizá habíamos intercambiado cinco frases. Tres de ellas en el viaje de fin de curso: *"Eh", "Eh" y "¿Sabes dónde están los servicios?"*.

Ida-Sophie era en eso más directa. Inmediatamente, el primer día de clase después de las vacaciones, se había sentado en el pupitre directamente delante de él con un *"Hey, ¿puedo?"*. Justo al lado de la ventana, donde su pelo brillaba al sol.

El mismo pelo que ahora Svea sableaba como una salvaje guerrera vikinga. Con una mano, sujetaba un mechón de pelo y, con la otra, firmemente las tijeras. ¡Rass, rass, rass, rass!

No era tan sencillo. El pelo de Ida-Sophie era tupido y las tijeras estaban embotadas, de forma que tenía que darle varias pasadas hasta que cedían y caían planeando al suelo.

El desconocido observaba.

Ida-Sophie lloraba.

Svea cortaba.

Así durante un buen rato. Si hubiera sido una película, la escena se habría proyectado a cámara lenta.

MARK

Al principio, me pareció un fotomontaje, un *fake*. Incrédulo, miré hacia donde se encontraba Ida-Sophie. Svea había llegado a la altura de sus orejas, *zas*, había suprimido los rizos por encima y por debajo… sí, por debajo, dejando visibles las orejas de Ida por primerísima vez.

Se me descolgó la mandíbula. Como una carpa estupefacta, fijé mi mirada en la nuca de Ida-Sophie y clavé los ojos en los gigantescos, rojos soplillos: debajo de los rizos de estrella de cine, Ida-Sophie escondía las orejas planeadoras más grandes de todos los tiempos.

Ciertamente, todos dicen que el aspecto físico no tiene ninguna importancia, pero en ese momento se podía comprobar muy bien que no era cierto. ¡Lo que cuenta es el carácter! Como para no reírme.

Era como si a Marylin Monroe, de pronto, se le hubiera resbalado la peluca del cráneo. Aline emitió un sorprendido "¡Ohhh!", Fabio resopló del asombro. Incrédulo, Sylvester miraba boquiabierto hacia delante, en la fila, como si no pudiera asumir que aquellas dos masivas piezas con venas azules pertenecieran verdaderamente a Ida-Sophie.

Las tijeras habían dado todo de sí. Las dos hojas se separaron, el tornillo rodó bajo la mesa. En realidad, era un milagro que aquel chisme hubiera aguantado tanto tiempo.

Svea se enderezó. Su rostro tenía un aspecto diferente que de costumbre, más duro. Despreocupada, dejó también caer ambos trozos de metal al suelo. —¿Tiene alguien unas tijeras? Estas ya no sirven. —Miró hacia arriba, hacia el desconocido.

Éste asintió y dejó vagar su apremiante mirada por las filas de mesas.

Ninguno de nosotros hizo un gesto. Seamos sinceros, ¿quién de los cursos superiores podía tener con él algo tan aburrido como unas tijeras? Demasiado voluminosas, demasiado inútiles, demasiado propias de *cursos inferiores*. Un viejo boli, un lapicero, un paquete de cigarrillos, era todo el armamento para la escuela. Las tijeras de uñas de Svea eran una absoluta excepción.

—No tengo unas tijeras —sonó de pronto desde una mesa, oblicuamente a donde yo me sentaba—, pero quizá sirva esto. —Sonriente, Fabio abrió una navaja. Una auténtica, afilada navaja.

No solamente el señor Filler jadeó en busca de aire.

SEÑOR FILLER

No podía comprenderlo. Por dos motivos no podía comprenderlo. Por un lado, que un chico llevara una navaja con él, ¡una navaja en mi clase!; por otro, que, efectivamente, él se lo ofreciera al desconocido. ¡Nuestra única arma! ¡Al desconocido! Me hubiera gustado haber saltado de mi silla y haberle llevado personalmente ante el director. Por lo menos, cinco días sin recreo. ¿Es que estaba en su sano juicio?

Si alguna vez había existido una mínima posibilidad de neutralizarlo con un ataque por sorpresa, ahora se había diluido en el aire. *¡Brillante obra maestra, Fabio!*

FIONA

Yo ya había comprobado con anterioridad que hay chicos que se comportan como los hombres de las cavernas. En el equipo de fútbol de mi hermano pequeño, en los empujones durante los recreos, al sacar a pasear al perro y que los borrachos vociferan detrás de mí…

Pero este asunto de la navaja, eso estaba verdaderamente por debajo de todo canon. Una gran estupidez y una estupidez peligrosa. ¿Qué diablos habría pensado Fabio?

Por un breve instante, el enmascarado pareció asustado. Tembló la pistola en su mano, se agachó un poco, sus hombros se movieron repentinamente hacia arriba.

Pero consiguió dominarse.

Con el brazo de la pistola estirado, fue directamente hacia la parte de atrás, en dirección a Fabio.

Sin levantar el dedo del gatillo, tendió su abierta mano izquierda. *"Venga, la navaja",* venía a decir, *"si no quieres verte acribillado a balazos".*

Las gafas de Greta estaban ya casi completamente rotas por la mitad de tanto apretarlas entre las manos.

Fabio hizo como si no entendiera. Retador, miraba hacia delante; en su cuello, la cadena con la calavera brillando.

Aquel maldito estúpido, ¡si muere será absolutamente por culpa suya! Reprimí un sollozo mordiéndome nuevamente la lengua. Dolió bastante, algo que notaría más tarde. *No dispare,* imploré para mí, *por favor, por favor, no quiero estar delante si él muere.*

La sonrisa de Fabio se apagó. Sin decir palabra, le alargó el arma al desconocido.

—Idiota —siseó Sylvester. Con lo que él nuevamente tenía razón. De todos los cabezas huecas de nuestro curso, Fabio era el mayor con gran diferencia. Al parecer, había estado ya tres veces ante el Tribunal de Menores por delitos de daños, consumo de drogas y por haberle roto la nariz a su entrenador de fútbol.

Que llevara una navaja, era nuevo. Que la entregara sin resistirse, también.

Lo último, sin embargo, se demostraría como un error.

MARK

Sucedió exactamente cuando el dedo enfundado en un guante se cerró sobre la hoja de la abierta navaja. Sin dudarlo, Fabio descargó un fuerte puñetazo al desconocido en el vientre. ¡Bumm! De tantas flexiones, los brazos de Fabio eran absolutamente comparables a los de un gorila. Se hizo con la navaja poniéndose de pie, dispuesto a clavársela al desconocido entre las costillas.

Por un momento, pareció que iba a suceder inmediatamente: el desconocido muerto, neutralizado por una mortal puñalada en el pecho.

Si no hubiera sido por la pistola…

¡PAFF! El disparo no me pareció más sonoro que los anteriores. Probablemente porque era el primero que había sido dirigido a una persona. *¡PAFF! ¡PAFF! ¡PAFF!*

Fabio gritó como un toro estoqueado, la navaja cayó al suelo junto a un charco de sangre.

Sucedió, pensé. *Ahora, definitivamente, he ido a parar a una película de terror.*

Gimiendo, Fabio se apretaba sus dedos. De las balas, solamente le había dado una, pero en mitad de la mano, atravesándola.

Miré hacia la pequeña. Había ocultado su cabeza entre las rodillas, sus hombros temblaban.

—Eh, dime —susurré—, ¿cómo te llamas?

Ninguna respuesta.

—Tíos, necesitamos un sanitario —la voz de Sylvester sonaba cortante, se había levantado de su asiento—. ¿Hay alguien aquí que colabore con la Cruz Roja?

Lasse levantó dubitativo el brazo. Claro, estaba en cualquier cosa voluntaria, daba lo mismo si era el servicio de recogida de basuras o sanitario del colegio. Principalmente porque sus padres así lo querían. En las últimas distinciones, había sido destacado como *el escolar más solidario de su edad* y, como recompensa, su madre le había entregado pastel de jengibre para todos los alumnos del mismo curso que él. "Para que todos los compañeros de clase pudieran participar en su éxito", había declarado Lasse. *Voy a vomitar.*

—¿Aguantas, viejo? —Con cuidado, Lasse se dio la vuelta hacia él. A pesar de que los dos habían comenzado por las mismas fechas a ejercitar los músculos, él parecía bastante endeble. —Por favor, abre la mano, así podré… ¡Mierda! —Horrorizado miraba fijamente el agujero en la mano de Fabio. Gruesas, rojas, oscuras gotas manaban entre sus dedos. Tanta sangre que parecía completamente ilógico. ¿De dónde diablos manaba aquello?

Los ojos de Lasse se dilataron y su cara se volvió completamente lívida alrededor de la nariz. Miraba hacia el techo. —Lo siento, tíos, no puedo… —Bajó la mirada y la dirigió de nuevo fijamente al charco que se había formado a los pies de Fabio—. ¡Ay, mierda!

El desconocido puso un pie sobre la navaja.

—Tío, tú eres sani en el colegio. ¡No digas ahora qué no puedes ver sangre! —le increpó Sylvester—. ¡Venga, haz algo!

Pero Lasse no hizo nada. Estaba allí encogido como un conejo y miraba hacia delante mientras Fabio, con las mandíbulas apretadas, le daba cinco vueltas por lo menos alrededor de su mano a un pañuelo para el cuello. —Anudadlo —consiguió decir y, aunque no lo creáis, el desconocido se adelantó y ató ambos extremos. Con la pipa siempre en la mano.

Después levantó la navaja.

SEÑOR FILLER

Hablo y me comporto educadamente. Obedezco las indicaciones del profesor. Si quiero decir algo, levanto la mano. Los conflictos no se solucionan por la fuerza...

No podía ser más drástica la contradicción entre las normas y la realidad como en aquella situación. El disparo, la sangre sobre el linóleo, las muestras sonoras de dolor de Fabio. ¿Cómo podía habérseme ido la situación de las manos?

Fabio era un alumno al que era preferible evitar, incluso como profesor. Naturalmente, había oído del asunto con el Tribunal de Menores, una nariz rota, algo así se comenta también en la sala de profesores. Una profesora de pedagogía especialmente entusiasta había propuesto reiteradamente llevar a *"nuestro problemático niño"* a un centro de asesoramiento, pero yo había conseguido, hasta ahora, no tener que hacerlo.

Pensativo, observé cómo estaba sentado inclinado hacia delante, los labios apretados formando una estrecha línea por el dolor o la rabia. Fabio, el chico con estatura de superhéroe. Fabio que, sin dudarlo, había estado dispuesto a clavarle una navaja en la barriga al enmascarado.

El desconocido demostraba tener unos nervios muy templados.

En una mano el arma de fuego y la navaja en la otra, regresó hacia la mesa de Svea e Ida-Sophie. ¿Me lo imaginaba únicamente o él tampoco estaba ya tan seguro sobre sus pies?

En caso de que lo sucedido le hubiera afectado, no le detenía el llevar a cabo su deseo. Limpió la hoja de la navaja en los pantalones. En el negro tejido, las estrías apenas se veían. Con el brazo estirado, se dirigió hacia Svea ofreciéndole la navaja.

La cara de Svea daba una impresión todavía más grisácea de lo habitual; sus ojos, vacíos. Ya en el patio de recreo, me había llamado a veces la atención aquella expresión cuando esperaba a su amiga delante del aparcamiento para bicicletas o, apartada, estaba ensimismada mientras Idea-Sophie me saludaba con un alegre *"¡Hola, señor Filler!"*. Como ella no reaccionó inmediatamente, el desconocido hizo un movimiento de cabeza en dirección a su amiga.

Svea asintió.

El desconocido retrocedió caminando hacia atrás.

FIONA

La navaja tenía que estar increíblemente afilada porque ahora el procedimiento era visiblemente más rápido. De vez en cuando, Ida-Sophie gritaba cuando los finos cabellos de su cabeza se tensaban; sin embargo, ya no lloraba tan intensamente.

Por el contrario, en el silencio, el sonido al cortar y arrancar eran más fuertes. Más brutales. *Yo no debía haberme reído*, pensé.

Finalmente, Svea bajó el brazo con la navaja. Imposible decir lo que sucedía en su cabeza. Daba la impresión de estar agotada.

De los esplendorosos rizos de Ida-Sophie, únicamente habían quedado un par de míseros matojos. Tenía un aspecto terrible, como si terminara de huir de un campo de concentración o algo parecido. Palpaba su cabeza con temblorosos dedos. Al parecer, su reserva de lágrimas no estaba completamente agotada porque mientras se pasaba la punta de los dedos por lo que quedaba de su pelo, que en su día había sido todo su orgullo, sollozaba tan alto como si terminaran de anunciarle que iba a ser ejecutada.

—Bien —dijo Svea—, ya está. Terminado.

El señor Filler asintió; sin embargo, el desconocido hizo un gesto negativo con la cabeza, golpeó con el dedo en la nota abierta sobre la mesa del señor Filler. *Svea le corta a Ida-Sophie todos los pelos de la cabeza.*

—¿Qué es lo que usted quiere todavía? —se quejó Svea—. ¡He hecho exactamente eso! ¡No se puede cortar más!

El desconocido no contestó, sencillamente indicó de nuevo hacia el trozo de papel. *Svea le corta a Ida-Sophie todos los pelos de la cabeza.*

—Todos los pelos —le susurró Aline—. Svea, quiere decir todos los pelos. También las cejas.

MARK

Naturalmente, ella podía haberse ahorrado el enfrentamiento. *Sorry,* pero una pistola cargada es, se quiera o no, más convincente que los lamentos, tirados en el suelo, por unos destruidos sueños de ser modelo.

Fue un proceso rápido con sus cuidadosamente alineada cejas. Primero, la izquierda y después la derecha cayeron víctimas de la navaja de Fabio, hasta que no quedaron, también aquí, más que un par de matojos.

Pobre Dumbo.

La navaja. La dorada navaja de muelle, con la que con tanta frecuencia él había alardeado desde que se la regaló su padre por su cumpleaños, estaba en medio de los rizos castaño oscuro sobre la mesa de Svea e Ida-Sophie. Svea la había dejado caer allí en cuanto terminó con el corte de las cejas.

Desde donde estaba, delante de la pizarra, el desconocido seguía apuntando a su plano pecho. Seguro que le había costado algunos nervios haberle dejado la navaja. Ni un solo momento, la perdía de vista.

Y ese fue su error.

Porque, así, se dio cuenta demasiado tarde de cómo Ida-Sophie se erguía por encima de la mesa, alargaba la temblorosa mano hacia la navaja y se hacía con ella. En su rostro, había desaparecido cualquier rasgo de delicadeza de chica.

—¡No! —pudo todavía advertirle Sylvester. Sin embargo, todo sucedió simultáneamente:

Ida-Sophie le arrojó la navaja abierta.

El desconocido disparó.

Svea saltó.

Ida-Sophie se desplomó.

Ambas cayeron ruidosamente al suelo. Ida debajo, Svea encima, mientras sobre ella golpeaban dos balas en la pared de enfrente. ¡Paff! ¡Paff! Jadeantes, se quedaron inmóviles, una sobre la otra, mirando fijamente a la navaja.

Como a cámara lenta, vi cómo aquella cosa dorada volaba a través del aula por encima de la cabeza de Fiona… hasta, finalmente, chocar contra la pizarra con un feo ruido, solamente a unos pocos centímetros del tipo.

No alcanzado.

El desconocido ya había recogido la navaja del suelo y la levantaba sobre su cabeza con gesto triunfal y, apoyándola en su muslo, la cerró con un metálico sonido.

En el mismo momento en que Svea e Ida-Sophie se levantaban con dificultad y volvían a sentarse en su mesa, él introdujo el arma blanca abajo del todo en su bolsa negra.

Fue la última vez que supe algo de la navaja de Fabio.

SEÑOR FILLER

Me producía miedo, auténtico miedo, aquella mujer con el pelo rapado y la mirada fría. Casi tanto como el mismo desconocido.

Como profesor, uno cree con frecuencia que conoce a los alumnos. Es algo inherente al trabajo. En los días reservados a reuniones con los padres, por ejemplo, se habla casi todo un día exclusivamente sobre los puntos fuertes y débiles de tus protegidos hasta que uno mismo termina creyéndoselo. Incluso en una ocasión me sucedió que tenía que hablar sobre uno de los alumnos, por una confusión en las listas, al que yo nunca le había dado clase. Desbarré algo sobre su mediocre participación y su satisfactoria atención. Y la madre, sin embargo, me lo creyó.

Ahora, al contemplar a Ida-Sophie y Svea, cómo desinteresadas se tiraban hacia atrás en sus sillas, me di cuenta de lo poco que verdaderamente sabía sobre lo que pasaba dentro de aquellas cabezas. Sabía tanto como nada.

El desconocido empujó hacia mí el siguiente sobre y en esta ocasión no me sentí aliviado al concentrarme en la lectura en voz alta. Todo en mí, se rebelaba en contra de servir a aquel tipo, de dejarme utilizar como su herramienta.

De profesor a instrumento de tortura; tan bajo, al parecer, había caído.

Tomé el sobre en la mano. Me pareció horrible el enorme cuatro que el desconocido había garabateado. Como si no fuéramos nada más que cifras con las que él podía experimentar según le apeteciera. Reducir, separar, sustraer… En definitiva, las cifras no eran ninguna pérdida.

Abrí el sobre ignorando el ejército de hormigas en mi estómago y leí en voz alta:

—**Cuarto deseo:** Lasse, vacía tus bolsillos.

FIONA

Al oír su nombre, Lasse se sobresaltó. Y al indicarle lo que tenía que hacer, volvió a hundirse en sí mismo.

Lasse, vacía tus bolsillos. ¿Era eso verdaderamente tan malo?

Aparentemente sí, ya que Lasse enrojeció como un pavo y levantó el dedo índice. —Nadie aquí tiene derecho a ver el contenido de mis bolsillos —afirmó con voz chillona—, es algo privado, ¡a nadie le interesa! Su pelo rubio estaba, como siempre, perfectamente alineado. Tenía el aspecto de una delgada versión del señor Filler, únicamente le faltaban las sombreadas partes de la barba.

—Venga, tío, haz lo que te dice —gruñó Mark.

—Cierra la boca —le increpó Lasse.

Y vació sus bolsillos.

MARK

Lo sé, suena malditamente extraño pero, de alguna manera, el desconocido conseguía que sencillamente le olvidara completamente. La amenaza se mantenía, naturalmente que se mantenía exactamente lo mismo que el miedo, pero por medio había también momentos absolutos sin el tipo de la pistola. Momentos como el de Fiona cuando regresó de la ventana y se sentó en su sitio o cuando Svea comenzó a tijeretear la hermosa melena de Ida-Sophie, o el de Lasse al vaciar sus bolsillos.

Saca lo que tengas, rubito.

FIONA

Inicialmente, comenzó con los bolsillos de los pantalones. Los de Lasse tenían cuatro delante, dos detrás. Todos grandes y deformados.

Con una expresión como si le fueran a extraer de una vez todas las muelas del juicio, metió la mano en el primer bolsillo. Delante, a la izquierda. Introdujo la mano y le dio la vuelta al forro. Vacío.

—Vacío —anunció innecesariamente. Como si toda la clase no siguiera atentamente cada uno de sus movimientos. Hizo una mueca y llevó la mano a los otros bolsillos del pantalón.

A primera vista, parecía como si el bolsillo delantero de la derecha estuviera así mismo vacío. Excepto un par de migajas, no se podía ver nada más, pese a que Lasse le diera completamente la vuelta al forro.

Me di cuenta del diminuto objeto que mantenía oculto en su mano cuando Fabio interrumpió sus lamentos gritando: —¿Qué tienes ahí? —Y golpeó contra el objeto de su mano. Una diminuta tarjeta de color cayó sobre el tablero de la mesa.

—La tarjeta SIM de mi tableta —dijo Fabio apenas sin voz—. No puedo creerlo.

—*Sorry*…yo… —balbuceó Lasse sujetándose el brazo—. Pensé…

Pero Fabio le interrumpió. —Está claro —gruñó—. Pensabas que era la tuya. Puede suceder que, sin darse cuenta, uno la extrae de otro y la utiliza. ¡Miserable ladrón!

SEÑOR FILLER

Hacía tres meses que habían comenzado los problemas con los robos en nuestro colegio. Alguien era tan osado que robaba dinero en el vestuario durante la hora de deportes. En ocasiones, faltaban cinco euros; otras, eran diez; otras, veinte…

El ladrón era extremadamente astuto, no corría riesgos y, aun así, conseguía un buen botín. Semana tras semana. A pesar de presionarles, ni un solo alumno pudo ayudarme. Casi parecía como si fuera a continuar eternamente.

Aline fue la que, finalmente, dio el indicio determinante. Había descubierto su móvil en una mochila que no era la suya, contó con su típica forma nerviosa de expresarse: *"Estaba sencillamente dentro, lo juro, estaba allí dentro. ¡Pongo la mano en el fuego!"*.

Investigué y ya en la primera consulta se dio con el autor.

En cuestiones como esas, no tengo compasión.

MARK

Fue una suerte para Lasse que Fabio apenas si podía estar sobre la silla porque, de lo contrario, ahora tendría la nariz rota. ¡El señor Filler seguro que no se habría metido por medio para separarlos!

Fabio tenía un aspecto tan débil y deplorable como solamente podía parecer un chico musculoso de casi dos metros. Con una cara que podía hacer la competencia a Frankenstein, pateó la silla de Lasse. —Si salimos vivos de aquí, puedes darte por muerto —profetizó.

Durante un segundo, Lasse pareció dudar, después sacó una cartera negra con un dibujo color lila brillante de *Peace* de uno de los bolsillos laterales.

Definitivamente, no era suya.

Jill saltó del asiento. —¿Cuándo la has robado?

Todos la miraron.

Por lo menos, la mitad de su vida, Jill se la pasaba con auriculares: en sus orejas detrás de una cortina de pelo teñido de un lila oscuro. Nadie había creído que fuera capaz de gritar.

—¡Maldita mierda!, ¿cuándo?

Eso es lo que hizo, gritar, y fuertemente. —¡La he buscado durante tres meses! ¡Tres meses! ¡Tú, enfermo gilipollas! —Sin tener en cuenta al tipo de la pistola, se arrojó sobre Lasse y se apoderó de la cartera. —Eres todavía mucho más asocial de lo que yo pensaba. —Se dio la vuelta, dejándose caer sobre su silla. Se baja el telón.

—Bonita foto— respondió Lasse. En su cara, se había deslizado una alocada mueca, sonriendo maliciosamente hacia ella—. Algo canijos los melones para mi gusto, pero por lo demás…

Como picada por una tarántula, Jill se levantó. El pelo lila bamboleándose a ambos lados de su cara. Por cierto, una cara increíble. Ojos gigantescos, enmarcados en abundante negro, además de aquellos pómulos y el piercing en la nariz. Jill iba de zombi, pero en su variante sexy.

—¡Cerdo! —bufó—. Cómo has podido atreverte a hurgar en mis cosas. —Apresurada, buscó en los distintos espacios de la cartera. Después de algunas maldiciones, sacó una fotografía arrugada. Respiró profundamente y la convirtió en una bola que guardó en su puño antes de que alguien pudiera lanzarle ni siquiera una mirada.

Después desapareció detrás de su pared lila.

FIONA

Pasó todavía un rato hasta que nos pudimos recuperar de la convulsión de Jill.

Gritar y Jill, aquello era como *Mark* y *mates*. Alguien como Jill no se ponía furiosa jamás, alguien como ella más bien ponía a otros furiosos con sus mordientes comentarios de la clase de *"Estáis todos enfermos"*.

Jill estaba constantemente en tensión pero nunca lo exteriorizaba.

Mientras yo continuaba sorprendida por sus repentinas emociones, Sylvester ya comenzaba a interrelacionar: —El otro día, durante el entrenamiento —Parecía como si la mirada azul de Sylvester atravesara la nuca de Lasse—, tú también estabas, ¿no?

—¡Mis deportivas! —Esta vez, era Luca el que gritaba—. No puedo creerlo, ¿te las llevaste el otro día para casa? —Aline parecía como si estuviera a punto de arrojarse al cuello de Lasse. —¿Tú le has birlado sus cosas a mi amigo?

Lasse callaba. Habitualmente, se giraba constantemente hacia Sylvester o hacia sus colegas para reírse o indicar "así es", para estar de acuerdo con ellos, ahora miraba férreamente hacia delante.

Primero pensé que miraba hacia el señor Filler buscando protección. No lo hizo. El señor Filler miraba de lado por encima de él hacia el desconocido.

En la voz de Lasse, pendía una extraña mezcla de ira y malestar cuando pronunció finalmente lo que a mí también me preocupaba: —¿Por qué… sabes tú esto?

MARK

Sí, por qué sabía aquello el desconocido. Esta pregunta le rondaba en la cabeza a cada uno de nosotros. ¿Venía de nuestro curso? ¿Era, incluso, uno de los nuestros?

De pronto, me pareció como un espíritu maligno, alguien que nos conocía exactamente a todos nosotros y ahora ejecutaba venganza por todo lo que nosotros habíamos hecho mal.

Casi como si no existiera una cara bajo la máscara…

Fui recorriendo con la mirada todas las mesas. Sylvester y Fabio, Aline y Luca, Lasse y Jan, David y Jill, Fiona y Greta, Tamara sola en su mesa. Y atrás del todo: yo. No faltaba nadie.

Independientemente de quién fuera el desconocido, él no procedía de nuestra clase.

¿Pero si no era de nuestra clase, entonces quién era en realidad?

Con un *bumm,* el desconocido golpeó con el cañón de la pistola contra el tablero de la mesa del señor Filler.

Con cuidado, como si estuviera desactivando una bomba, el señor Filler abrió el siguiente sobre, el de arriba, con el número cinco. Apenas si produjo el mínimo ruido al sacar la hoja y comenzó a leerla con los ojos entrecerrados. Una y otra vez, la misma frase.

SEÑOR FILLER

Mi primer pensamiento fue: *"Esto es una broma. Se está riendo de nosotros".*

Me giré hacia él interrogándole con la mirada. ¡Era imposible que aquella indicación la dijera en serio!

—*Está usted seguro…* —comencé—. Sin embargo, el desconocido me dio un fuerte golpe en la espalda y me señaló la nota.

Me encogí de hombros. Obediente, leí en voz alta:

—**Quinto deseo:** David, dale a comer tu BigMac a Jill.

FIONA

¡Qué deseo más estúpido!

Aliviada, casi me reí. Cortar todos los pelos. El disparo. En comparación, "comer una BigMac" era ciertamente inofensivo. Lo más, algo penoso si al hacerlo te pringas. De todas formas, Jill no era el tipo de gente a la que constantemente le goteara kétchup de los labios.

En realidad, hasta ahora yo nunca le había visto comer una.

MARK

Una conversación con Jill era algo parecido a esto:
  Yo: *Hi, Jill!*
  Jill: (Se saca un auricular de la oreja) ¿Qué?
  Yo: *¿Ya hiciste mates?*
  Jill: Si tienes que decir algo, hazlo. Si no, lárgate.
  Yo: *¡Ehhh!, es que...*
  Jill: (Se pone de nuevo el auricular) Lárgate.

El señor Filler diría: *"Era difícil acceder a ella".* Jill era tan hermética como una lata de sardinas y casi tan amable.
  Pero su voz, eso era un mazazo.

SEÑOR FILLER

Era difícil acceder a ella. Era tan inaccesible como si tuviera más años que sus compañeros de clase. Su participación oral dejaba mucho que desear, pero mientras hiciera exámenes tan excelentes, yo no veía motivo para meterla en problemas.
  A vagos como Mark, sí. ¡El que busca problemas, los podía tener fácilmente!
  No aquella trasnochada chica con la expresión de *coolness* y sus delgadas muñecas.
  Ella, en definitiva, solamente quería que la dejaran en paz.

FIONA

Mi mirada se dirigió hacia atrás, hacia David y Jill. Sobre todo, hacia Jill.

Estaba impaciente por cómo reaccionaría. Qué comentarios se sacaría esta vez de la manga. *"¿Qué? ¿Solamente una?"*, quizá, o *"¿Te apetece también un trozo, tío?"*, eso hubiera sido *cool*. Quizá también solamente lo habitual: *"Qué enfermo está éste"*.

Sin embargo, no dijo nada parecido.

¿He contado que sabe cantar? Cada vez que lo hace, es como si se transformara no precisamente en un ángel, pero sí por lo menos en un ruiseñor. La voz de Jill es una revelación. Piensa sencillamente en la voz más sucia, oscura y desgarradora del mundo y tendrás la de Jill en el oído. Yo nunca olvidaré cómo la escuché cantar la primera vez. Fue en una estación del metro, con tres tipos de la banda del cole, guitarra, bajo y batería.

Para mí, Amy Winehouse no había muerto. Iba a mi clase. Secretamente, siempre la había admirado, me daba cuenta ahora al comprobar cómo ansiaba su respuesta. Su independencia, su forma directa de ser, su negativa a gustar a otros, su valor. Jill era como me hubiera gustado ser a mí.

Ella era exactamente todo lo contrario que yo.

MARK

Si no hubiera sido por los lamentos de Fabio, se podría haber oído la caída al suelo de una mota de polvo. Todos esperábamos a la valiente contestación de Jill, incluso el tipo de la pistola parecía como si, por un momento, hubiera olvidado su pipa.

El único que no estaba pendiente de sus labios lila era su vecino de mesa, David, que bajo el pupitre rebuscaba en su mochila. *Ah, sí. La BigMac.*

Los ojos de Jill apenas si se reconocían detrás de la cortina de flecos violeta. Sus pintados labios oscuros eran una única estrecha línea, como una cicatriz.

—Aquí está. —David dejó caer sobre la mesa una bolsa arrugada de papel. Era de color oscuro y, en algunas partes, marrón oscuro, allí donde la grasa se había filtrado a través del papel. Introdujo la mano en la bolsa y sacó otra de papel de colores con franjas rojas y amarillas. No parecía que la bolsa estuviera intacta porque se podía ver la mitad de la BigMac goteando sobre el envase de papel.

Un dominante olor a kétchup, pan blanco y carne asada se extendió por el aula. Un olor que provocó algún tipo de mecanismo químico porque, de pronto, mi cerebro dejó de funcionar y mi estómago tomó el mando. Y él solamente podía decir una cosa: *"Hambre"*.

¿Cuánto tiempo había pasado desde que sonó la alarma? ¿Nos habríamos perdido la pausa del mediodía?

Mi cabeza afirmaba: *"No"*.

Mi estomagó era de otra opinión.

Hoy habría muslos de pollo, muslos de pollo con patatas fritas, salsa marrón y ensalada y, de postre, ese pudin de vainilla y chocolate en franjas con el oscuro trocito de...

Sí, ya lo sé. Era una idea tonta, pero después de todo el miedo a morir sentaba malditamente bien no pensar constantemente en estirar la pata, sino en comer.

Lo que más hubiera deseado era cambiarme por Jill, que ahora estaba sentada delante de aquellos tres pisos de montañas de grasa y no se decidía por dónde comenzar a morder. Además, verla era pura tortura.

Pasaban los segundos y Jill continuaba sentada, mordisqueando su labio inferior, mirando con grandes ojos aquella su comida del mediodía.

Impaciente, David la empujó. —¡*Venga, híncale el diente!*

Tardó mucho, insoportable mucho tiempo, hasta que Jill, finalmente, contestó. Y, al hacerlo, su voz ya no sonaba a la Jill que yo veía a diario masticando chicle en el patio, de pie, en la esquina donde se fumaba. En su lugar, una voz fina, apagada y sin fuerza, como la de una mujer muy anciana.

—No puedo —dijo Jill.

FIONA

Ella no dijo *"No quiero"*. Tampoco: *"Ahora no me da la gana"*. No, ¡Jill no podía!

Esas dos palabras, aquel resignado pozo sin fondo *"No puedo"* había conseguido poner completamente patas arriba mi visión del mundo.

¡Claro que puedes! Hubiera deseado gritarle. *Tú eres Jill, tú eres la definición de fuerza, el power en persona. ¿Qué te sucede?*

—Jill, ¿qué pasa? —Preocupado, David la miró a la cara. Después de todo, yo no era la única que se preguntaba que algo extraño estaba sucediendo en ese momento.

Jill giró la cabeza ocultando su cara detrás de sus pelos. ¡Jill se escondía detrás de sus pelos!

—No puedo —repitió, algo más enérgica y tan desesperada como si ya supiera que no le quedaría ninguna otra alternativa.

Y seguidamente rompió a sollozar de tal forma que no cabía pensar que pudiera hablar.

MARK

Jill no fue la única que lloró ese día, pero cuando pienso en las horas con el atacante de amok, inmediatamente oigo las convulsiones de llanto de Jill.

Su normalmente tan grueso muro de orgullo y rudeza se derrumbó formalmente como un dique en uno de esos *blockbusters* del final del mundo con numerosos efectos especiales. El llanto de Jill no era un llanto. Era una fuerza de la naturaleza que había ido acumulándose durante meses, quizá incluso años.

SEÑOR FILLER

Por los menos durante cinco minutos se prolongó aquella explosión de emociones. Jill lloró, mostró su rabia y sollozó hasta que su vieja, sonora voz se fue debilitando.

Mientras tanto, la *BigMac* estaba sin tocar sobre la mesa.

¿Por qué los adolescentes se lo hacen todo tan difícil? ¿Estaba condicionada aquella tendencia de sentirse desgraciados por las hormonas?

Sentí la fuerte inclinación paternal de poner mi mano sobre su hombro. *No te lo compliques, chica, terminarás arruinándote las cuerdas vocales. No te lo compliques y come.*

Posiblemente, yo ya lo presentía en ese momento.

FIONA

Cuando, finalmente, Jill se calló, yo necesité unos segundos hasta que me acostumbré al silencio.

Así pues, Jill se había callado. Se había sometido a su destino. A su destino de comida *BigMac*, sonaba ridículo. Con una expresión de enterrador, cogió la *BigMac* en sus delgadas manos y la levantó. Una hoja de lechuga planeó hasta el suelo, aterrizando en una mancha de grasa. Le temblaba el labio inferior.

Me preguntaba si, en ese estado, sería capaz de abrir la boca lo suficiente para morder.

Pudo, bocado tras bocado introdujo el monstruo en su interior. Casi sin masticar y con dedos temblorosos. Definitivamente, había cesado de llorar ya que jadeaba tanto como si se tratara de una alta competición deportiva.

Le di con el codo a Greta, que miraba con la boca abierta. —¿Entiendes esto?

El surco, que yo tan bien conocía, apareció de nuevo en su frente. Se quitó las gafas, se inclinó hacia delante y me susurró una palabra al oído. Una única palabra pero que explicaba algunas cosas.

Por qué, a veces, Jill no aparecía en el cole durante semanas. Por qué no dejaba que nadie se le acercara. Por qué nunca se sentaba con nuestra clase en el comedor. Por qué, en su lugar, se iba donde se encontraban los fumadores pese a que ella jamás sostuvo un cigarrillo en su mano.

Era una palabra fea. Una que se escucha como si alguien se hubiera tragado una espina de pescado y como si esa espina fuera lo único que hubiera ingerido en los últimos días.

—Anorexia —susurró Greta.

MARK

Yo nunca había sabido relacionarme bien con chicas. En general, eran más complicadas y llenas de contradicciones.

Lo que yo valoraba en Jill era su franqueza. *"¡Lárgate, lameculos de mierda!",* ahí había poco espacio para malentendidos, ¿no?

Bueno, evidentemente sí. Evidentemente ella no era tan franca como yo siempre había pensado.

Pero vayamos por partes. Al principio, solamente pensé: *de acuerdo, no le gustan las BigMacs.* En eso no había nada que reprocharle, quizá fuera vegetariana, algo que me parecía bien. También a mí me gustaría serlo si no me gustara tanto comer *steaks*. Después ese ataque de llanto y yo pensé: *wow, incluso quizá vegana,* lo que hubiera aclarado por qué nunca se había sentado a la mesa del comedor con otras chicas.

Cuando ingirió la *Big Mac* con aquella increíble rapidez, me sentí inicialmente decepcionado porque había renunciado tan rápidamente a sus ideales.

Me di cuenta de que algo no estaba bien en ella, que incluso pudiera estar metida en dificultades, cuando había vomitado la *BigMac* y todo lo que había invadido su estómago, en una colosal oleada sobre el pantalón de David.

SEÑOR FILLER

Fue repugnante.

Fast food a medio digerir, eso huele como si se quemara ropa húmeda en el sótano. Todavía peor, como si se quemaran pañales usados en el sótano.

Si vuelvo a dar clases aquí, el aula tendrá que ser limpiada previamente a conciencia, pensé y, en el mismo instante, noté que eso no tenía ninguna importancia.

Porque, de cualquier forma, yo ya no podría ponerme delante de aquella clase.

FIONA

"*¡Estáis todos muy enfermos!*". Cuántas veces Jill nos había arrojado esa frase a la cabeza. *Enfermo*, así lo denominaba si alguien era tonto, tímido o débil. Sobre todo, débil.

Jill odiaba tener debilidades. No tenía otra cosa que desprecio si alguien como yo en una explicación se ponía tan nerviosa que la hoja del cuaderno del colegio le comenzaba a temblar en la mano como una extraña mariposa. O si alguien por miedo a un ejercicio de gimnasia se dejaba intencionadamente las cosas de deporte en casa.

¡No todos pueden ser tan *cool* como tú!, me hubiera gustado gritarle a su cara de vampiro enmarcada en lila.

Cool viene de frío y Jill era la más *cool* de todas. Dura, fría y afilada como un inmaculado carámbano.

Que ese carámbano de hielo también podía derretirse, antes jamás lo hubiera creído posible. Siempre pensé que era de cristal blindado.

—Lo odio —carraspeó Jill mientras se limpiaba restos del vómito de su cara. Incluso su pelo no había salido indemne—. ¡Lo odio!

Y, de pronto, me dio lástima.

Si ya de por sí era tan dura con nosotros que para ella no teníamos importancia alguna, ¿cómo sería de severa con ella misma?

David miraba tan desconsoladamente como si los pantalones fueran una herencia familiar.

—¿Qué sucede? —preguntaba una y otra vez—. ¿Qué te sucede, Jill?

Jill no contestaba. Ni siquiera un breve *"¡cierra el pico!"* salía de ella. Tan encogida en sí misma, algo que yo tampoco nunca había visto en ella. Estaba ausente, apretando el vientre con las manos como queriendo expulsar el pequeño último resto de la *fast food*.

Y, por primera vez, me di cuenta de lo mucho que sobresalía su columna vertebral.

SEÑOR FILLER

Ya había pensado con anterioridad que la vida de Jill no transcurría despreocupadamente. Bastaba con echar una mirada a su consumida cara. A partir de cierto momento, las ojeras ya no se pueden disimular.

Pero, verdaderamente, no había pensado en una alteración alimentaria. Sea como fuere, yo observaba a mis alumnos cuando comían y ella bien podría haber conseguido su cintura de avispa en un salón de *fitness*, ¿no?

Es algo que tú no podías saber, es algo que tú no podías saber, me repetía a mí mismo una y otra vez.

En la expresión de los alumnos, descubrí que ellos tampoco habían sospechado nada. David parecía estar completamente atónito. Él era el único al que Jill permitía que se acercara a ella, hasta ahí llegaba mi información. Y, aun así, él no había notado nada.

Eso solamente lo había notado uno.

Parecía como si hubieran pasado horas hasta que, finalmente, Jill levantó la cabeza.

—Si vosotros no lo sabíais —dijo lentamente—, ¿por qué éste lo sabía?

FIONA

No necesitó señalar hacia él. De todos modos, todos sabían a quién se refería.

Como un soldado, se mantenía detrás de la silla del señor Filler. Inmóvil, esto es, *sin emociones*, eso aquí era verdaderamente verídico. Ni la mínima emoción se filtraba a través de la máscara. Si no fuera por el tap-tap de la intranquila punta de su zapato, podría haberse tratado también de un robot. Un robot que ahora, chirriando, se ponía en movimiento y levantaba el siguiente sobre con el brazo extendido.

MARK

Nadie pensó en limpiar el vómito.

Apenas si se podía creer, pero David pasó varias horas sentado con las rodillas llenas de vómito. El vómito de Jill, la sangre de Fabio, cantidad de sudor frío. Tenía que haber olido terriblemente, pero, extrañamente, a mí no me llamó la atención en absoluto mientras sucedía. Como tampoco el megáfono fuera o los pasos precipitados de los alumnos huyendo por el pasillo. Toda la evacuación sucedió al margen de mí mismo. Toda mi consciencia parecía como si hubiera sido introducida en una especie de filtro que únicamente dejaba pasar lo esencial.

Las manos del señor Filler, cómo abrían los sobres. El suave sonido al sacar la nota. Desdoblarla. Su odiosa voz:

—**Sexto deseo:** Mark, destruye el trabajo de doctorado.

SEÑOR FILLER

Mi alivio inicial fue barrido por un tsunami como un castillo de arena. Tan aliviado había estado de no tener que leer mi nombre que solamente comprendí correctamente la segunda parte del deseo cuando ya había salido de mi garganta. *Trabajo de doctorado*, eso era un concepto clave, una palabra de advertencia, alarma en rojo.

Desde hacía ya diecisiete meses, trabajaba en mi tesis *"Pitágoras hoy. La influencia de la antigüedad en las matemáticas modernas"*. En secreto, ya jugaba con el pensamiento de ofrecer su publicación a varias editoriales; tenía, sin duda, lo necesario para ser publicada.

Para doctorarse, se necesita disciplina, más todavía si al mismo tiempo se imparten clases. Yo era disciplinado.

"Dr. Filler", sonaba bien, me parecía a mí, y estaba dispuesto a cargarme con otras obligaciones. Clases de mates, historia y deportes y, además, aquellas miserables horas como tutor, solamente esto ya te roba bastante tiempo, independientemente de las vacaciones.

Aun así, para conseguir sacar adelante el trabajo de doctorado, tenía que aprovechar cualquier hora libre, todos los fines de semana y, naturalmente, mientras supervisaba los exámenes.

Hoy no había tenido posibilidad de hacerlo, de sacar mi portátil, pero lo tenía al alcance de la mano en el maletín debajo de mi mesa.

Y, por lo menos, dos personas en esta aula lo sabían.

FIONA

"Eh, ¿qué trabajo de doctorado?". En ocasiones, resulta, al final, decepcionante lo banal que son las cosas que te rondan en la cabeza.

Yo siempre pensé que eso era, eso, el cada día. Sin grandes problemas, sin grandes ideas. Yo misma me consideraba un poco como un genio subestimado que terminaría alguna vez por ser reconocido a lo grande y al que, por el momento, le faltaban los desafíos.

¡Bueno pues aquí tienes tu desafío! ¿Cuántos desafiantes tiene que tener la situación hasta que tú, por fin, te atrevas a salir de la concha de caracol?

El señor Filler había abierto la boca de par en par, evidentemente sabía lo que se indicaba. Evidentemente se trataba de su trabajo de doctorado.

O, mejor dicho, de su destrucción.

¡No, alto! Eso no podíamos hacerlo. Aunque, efectivamente, yo no conocía todavía esa materia, el trabajo de doctorado era, sin embargo, algo importante, mil veces más amplio y costoso que cualquier examen. ¡De eso sí que ya había oído! Había científicos que durante muchos, muchos años investigaban y trabajaban duramente para su tesis y, observando la expresión del rostro del señor Filler, él era uno de ellos. Posiblemente, ya durante su estudio había comenzado a hacerlo. Horas más horas más horas, incluso también a la vez que su trabajo como docente. Eso también explicaba por qué llevaba siempre consigo su portátil. Resultaba imposible que nos levantáramos, fuéramos hasta su mesa y se lo destruyéramos. Algo así no se hacía, eso era robo intelectual, ¡un crimen! Independientemente de que él también continuaba siendo nuestro profesor.

El señor Filler se agachó hacia su maletín y, al hacerlo, sus anchas espaldas se desplazaron un poco.

Miré por un instante a Mark. Qué oscuras eran las ojeras bajo sus ojos, casi negras. De todas formas, algo estaba claro: si alguien se atrevía a echar a perder el trabajo de su profesor, entonces era él.

Los bolsillos de Lasse.

El pelo de Ida-Sophie.

La mano de Fabio.

¿Crímenes? Por qué me engañaba a mí misma, hacía tiempo que el límite había sido sobrepasado.

En caso de que hubiera existido alguno.

MARK

El portátil estaba bajo la mesa, así que para destruir el trabajo de doctorado yo tenía que acercarme a donde se encontraba.

Me acerqué.

Los otros me miraban perplejos. No podía creer que excepto yo nadie hubiera sabido algo de aquel estúpido trabajo de doctorado. Solamente bastaba con pensar en la hora de discurso que me había soltado después de mi primer cero para tener un ataque de ira: *"Sin disciplina, jamás conseguirás nada, Mark. Hay que fijarse metas, entiendes, metas. Algo hacia lo que uno trabaje. ¿Sabes tú, en realidad, qué es eso, trabajo? ¡Naturalmente que no, por qué ibas a saberlo! Posiblemente piensas que yo tengo siempre mi portátil conmigo para hacer sudokus o para jugar en Internet, como vosotros lo llamáis. Pero en eso te equivocas, Mark Winter. Te equivocas poderosamente. He trabajado en mi doctorado cada minuto libre. Porque sucede que yo quiero conseguir ser alguien en la vida. ¡Y si tú no quieres terminar un día bajo un puente, estaría bien que te sirviera un poco como ejemplo!"*.

Dicho sinceramente, entonces hubiera preferido mil veces haber ido a parar bajo un puente que tomarme el más mínimo ejemplo de él y de su salivado trabajo.

¿Era yo, verdaderamente, el único que se había enterado de su existencia?

Con una inclinación de cabeza, el desconocido señaló bajo la mesa. Allí estaba, el maletín. El supersagrado maletín del señor Filler. Una sensación extremadamente rara se apoderó de mí al levantar el maletín para sacar el portátil.

Conocía esa sensación, la había vivido repetidas veces, aunque nunca antes tan intensamente como en ese momento. Era la *"sensación-de-hacer-cosas-prohibidas"*.

Por cierto, una sensación nada mala.

SEÑOR FILLER

Era el punto más bajo, el punto absolutamente más bajo de mi vida. Lo vi, vi cómo Mark sacaba mi portátil del maletín y yo sabía con exactitud que no tenía sentido cualquier intento de salvarlo. *Mi niño. Alguien quiere matar a mi niño.* Eso era lo que yo pensaba cuando Mark levantó el portátil. De golpe, comprendí que eran verdad los continuos reproches de Valérie de que mi trabajo era más importante para mí que una familia. Porque exactamente eso era el trabajo de doctorado para mí: una parte de mi familia.

—Por favor, Mark —comencé—, no lo hagas. Yo siempre he intentado…

—¿Machacarme? —me interrumpió—. Cierto, eso lo ha intentado. Y no solamente conmigo.

Un brevísimo momento desvió su mirada hacia el desconocido.

—Lo siento mucho, Mark. Por favor, sé ahora más inteligente que yo —lo intenté de nuevo—. *Déjame mi bebé, te lo imploro...*

—¿Todavía más inteligente que usted? ¿Cuándo, si usted, además de sus clases, trabaja en su doctorado? Eso, señor Filler, nunca lo osaría.

—¡Mark! ¡Si lo haces, serás expulsado! ¡Me encargaré personalmente de que así sea!

—¿Ah, sí? ¿Y qué pasa con usted? ¿Un profesor que escupe a las alumnas?

Mi mandíbula inferior se descolgó, la sangre se disparó en mi cabeza y los oídos me zumbaron. Jadeé como un viejo, le odié tanto que casi me quedo sin aire para respirar.

O no. En realidad, me odiaba a mí mismo. Porque, en un descuido, yo había alardeado de mi trabajo de doctorado, porque no había nada que pudiera contraponerle, por no haber hecho ninguna copia de seguridad externa... Probablemente porque hasta ahora nunca había tenido ninguna pérdida de datos y no había confiado ni siquiera una fotografía de vacaciones a ningún blog, había desoído todos los consejos en relación a un posible *back-ups*. Un montón de desordenadas notas a mano, borradores de estructuras y bosquejos, era todo lo que quedaría sobre mi mesa fuera de ese portátil.

¡Y Valérie me había advertido!

Estúpido. Espantosamente estúpido.

—¡Es injusto, no lo hagas, Mark! —Greta. Mi pequeño ángel de la guarda. Por primera vez en mi vida me alegraba de que ella se entrometiera.

—¡Por su culpa he repetido curso! —contestó furioso Mark—. ¡Mates era mi asignatura preferida hasta su mierda de clases!

Noté cómo una fría película se extendía por mi cara, labios, sienes, frente. Años de trabajo aniquilados por un obstinado niño.

No lo hagas, no lo hagas, no lo hagas.

Mark contempló una última vez el portátil en sus manos. —De todas formas —murmuró—, no tengo ninguna alternativa.

Lo apretó con más fuerza y lo estampó contra la pared.

FIONA

Sería una minusvaloración decir que el portátil se había roto. El portátil del señor Filler se hizo añicos, fue doblado, aplastado y despiezado. Sus intestinos asomaban como cuando de noche pisas un caracol desnudo sin darte cuenta. Ni siquiera excluía que de alguna parte saliera vapor.

La pequeña, mientras tanto, se había atrevido a sentarse en la silla de Mark y observaba con la boca abierta. Crujir, estallar, traquetear y el esforzado jadeo de Mark cuando cogía impulso para volver contra el aparato… Seguro que ella no había vivido todavía un espectáculo semejante.

Mark solamente se detuvo con su obra de destrucción cuando ya no había ningún portátil, sino un par de docenas de piezas sueltas esparcidas por todos lados. Decidido, echó mano a una pieza eléctrica parecida al viejo tocadiscos que habíamos heredado del abuelo, solamente que mucho más pequeño, y arrastró el plateado disco por el suelo hasta que estuvo completamente rayado.

En caso de que el asunto del trabajo de doctorado hubiera sido cierto, ahora lo más que quedaría sería el espíritu flotando entre las piezas del portátil.

Disimuladamente, miré hacia donde se encontraba el señor Filler. Tenía la cabeza enrojecida y brillante como recién lacada. Temblaba, su labio inferior vibraba. Estaba llorando.

¡El señor Filler lloraba!

MARK

Me apresuré a regresar a mi sitio.

Si los adultos lloran, es porque, generalmente, ha sucedido algo grave. Alguien ha hecho algo muy malo.

Miré al suelo. Un par de los componentes del ordenador habían volado hasta los bajos de las mesas de atrás del todo. Descubrí letras sueltas del teclado, una X, una S y una W.

—¿Por qué has hecho eso? —La chica, cuyo nombre yo todavía seguía desconociendo, levantó su mirada hacia mí.

Porque es un cerdo, me hubiera gustado contestarle. Pero, de alguna manera, me pareció que la observación era inapropiada.

—Porque así lo quería el tipo de la pistola —dije en su lugar.

—¿Por qué?

—No lo sé. Quizá porque el señor Filler lo haya tratado miserablemente. "Como a mí", pensé. —*Por eso, debía cumplir su deseo.*

Ella asintió. Parecía comprenderlo. —Venganza —susurró.

Necesité un momento para contestar. Mi pensamiento retrocedió al breve instante de intercambiar la mirada con el desconocido. No estaba seguro, pero me pareció como si él hubiera esquivado la mía. ¿Había temido que le reconociera?

—Venganza, exactamente —murmuré ausente—. ¿Pero de qué?

SEÑOR FILLER

Destruido.
 Destruido.
 Destruido.
 El trabajo de mi vida destruido, convertido en chatarra por un gamberro. Necesitaría meses, no, años en bibliotecas y archivos para hacerme con todo el material de investigación. Y el más importante de mis testigos presenciales había muerto.

Clavé mis uñas en la palma de la mano para contener las lágrimas. En mi garganta, se había extendido una gruesa masa de ira y mucosidad. La mesa comenzaba a desaparecer ante mis ojos.

FIONA

Greta daba la impresión de que, en cualquier momento, acompañaría al señor Filler en sus sollozos. —Es tan miserable esto —jadeó.

—Sin duda —contesté sin saber si se refería al señor Filler, al desconocido o a Mark.

Pero el llanto del señor Filler se oía también escalofriante, ahogado, contenido y, de alguna forma… apagado. Apreté los ojos. ¡Ya no había lágrimas en los ojos del señor Filler, había cesado de llorar! Sin embargo, los sonidos permanecían, incluso se habían vuelto más altos. Cuando el señor Filler, confuso, se dio la vuelta, seguí su mirada.

El tipo de la pistola temblaba de risa.

MARK

Sé exactamente qué piensas ahora, tú piensas en un psicópata crónico, en un supervillano de James Bond, que se inclina riéndose sobre el estanque de los tiburones mientras la guapa rubia es convertida en carne picada. La definitiva carcajada del villano.

Pero no era así. Nunca había oído una risa más triste como la del tipo de la pistola. Tan profundamente triste, seca, obstinada, como la de un condenado a muerte que se divierte con la ridícula vestimenta del verdugo. Era la risa de alguien al que ya nada le importa, al que todo le es indiferente, que mira al mundo y, sorprendido, mueve la cabeza ante lo ridículo que se comportan allí abajo las personas. Sin maldad, sin burla, sin ninguna clase de alegría. No, seguro que no fue una risa de villano.

Aun así, todavía meses más tarde se me erizaban los pelos cuando pensaba en ello.

SEÑOR FILLER

La risa me hirió profundamente llegando hasta los intestinos.

Toda mi vida hasta ahora había luchado para nadar en la superficie, pese a las vejaciones de mi hermano mayor. Yo no quería ser un Mark Winter más en este mundo, algo que había dejado detrás de mí, sino estar entre los triunfadores.

¿Qué diría Valérie si le contaba la pérdida del título de doctor?

Del perdido renombre.

Del perdido empleo.

¿Cómo reaccionaría si supiera que me he convertido en un perdedor?

Miré fijamente cómo el desconocido se reía. *Pagarás por esto,* pensé. *No saldrás vivo de aquí.*

FIONA

Tan bruscamente como había comenzado el ataque de risa, así de abrupto terminó. El desconocido se pasó el dorso de la mano por la máscara como queriendo borrar la risa, como si fuera saliva. Casi parecía como si la situación le resultara un tanto penosa. Tensó los hombros y le dio un empujón al señor Filler con la pistola.

El señor Filler necesitó un momento para despegarse de la mirada del desconocido. Su aspecto de estar bajo un *shock* no duró mucho más que en todos nosotros. Lo que en sus ojos ardía era puro desprecio. Como si quisiera saltar de inmediato y vociferar: *¡Sal de aquí! ¡Desaparece inmediatamente de mi clase!*

Por suerte, en su lugar, se decidió por abrir la siguiente carta, la que llevaba el número siete.

—**Séptimo deseo** —leyó el señor Filler en voz alta—: Fiona, besa a Sylvester.

SEÑOR FILLER

Ese deseo no podía serme más indiferente. Me parecía especialmente perverso que el desconocido viniera, como continuación, con aquella mierda de adolescentes. Besos obligados, algo quizá para el juego de hacer girar la botella. Al verdugo: ¡mi trabajo de doctorado terminaba de ser destruido!

Todavía tres, me juré a mí mismo, *después podrás maldecir y lloriquear tanto como quieras. Todavía tres*, me aferraba en mi íntima reflexión. *Todavía tres, Todavía tres, todavía tres.*

Efectivamente, yo pensaba que todo terminaría con la apertura de todos los sobres.

MARK

De todos los deseos que el señor Filler había leído en voz alta hasta ahora, el que menos me apetecía era ese último. *Fiona besa a Sylvester*, eso fue un mazazo en la boca del estómago. Más, un duro gancho a la mandíbula.

Da lo mismo, ella es una supersabionda ambiciosa con la que tú no tienes ninguna posibilidad ni en cien años, intentaba convencerme a mí mismo. Pero no resultó. Todo en mí se rebelaba en contra, no quería presenciar cómo Fiona besaba a Súper. No quería que Fiona le besara, ni siquiera podía explicarme bien por qué. ¡En definitiva, ella se interesaba por las matemáticas! Fiona. La chica de ojos verde marino, de la sonrisa auténtica, de las pecas esparcidas por su rostro como azúcar en polvo sobre gofres…

Fiona, que ahora se levantaba indecisa e iba hacia Sylvester.

FIONA

Comprendí tres cosas al estar uno frente al otro demasiado cerca: que él tenía miedo. Mucho miedo, quizá incluso más que yo. Segunda, que eso se olía. Y, tercera, que yo no quería besarle.

Sí, correcto. ¡Yo, Fiona, no quería besarle a él, a Sylvester, de ninguna manera y en ninguna situación!

Confusa, le miré fijamente a la cara, buscando el cambio que se había producido en él. Éste era Sylvester, el supertío, guapo, inteligente, informal, moreno por el sol y con un cuerpo entrenado al máximo... Seguro que la lista podía ser alargada indefinidamente. Era alguien que destacaba entre la masa, alguien por el que una se gira para mirarle. Todo eso seguía siendo él.

Únicamente que yo, de pronto, ya no tenía una mirada para él. Lo que quedaba era un chico indefenso que no tenía nada que decirme y tampoco yo a él. Además, apestaba. Una asquerosa mezcla a perro mojado, ring de boxeo y perfumería.

—¡Venga, hazlo! —salió de su boca y su aliento me golpeó en la cara—. No muerdo.

Eso lo tengo claro, tú, cabeza hueca, pensé pero no dije nada. Pasaron varios segundos. Era terrible. Nos encontrábamos pegados el uno al otro, respirando la respiración del otro mientras toda la clase miraba expectante.

—¡Vamos, hacedlo de una vez! —exclamó alguien—. ¡De lo contrario, os va a pegar un tiro!

Finalmente, Sylvester me besó. O bien él creía que el tipo nos pegaría un tiro si no lo hacíamos o había comprendido que podía estar esperando indefinidamente a que yo lo hiciera. Probablemente, ambas cosas.

En un primer momento, me sentí sencillamente aliviada. Ya no tenía que seguir mirándole a los ojos, ahora podía esperar hasta que hubiera pasado. 21, 22,

23, conté. Su lengua era gruesa y acuosa y, de alguna forma, demasiado larga y no llegué a captar completamente lo que hacía con ella, mientras apoyaba duramente su mano sobre mi hombro, como asegurándose de que no le esquivaría.

No, no fue un beso bonito. En realidad, no fue ni siquiera un beso, solamente una tensa presión de labios contra labios que se resistían.

Sin embargo, ya había pasado. Eso era lo principal. Ambos dimos un paso hacia atrás sin mirarnos a los ojos. Tomé aire vorazmente.

—¿Es suficiente? —preguntó Sylvester en dirección al desconocido.

Éste asintió.

Hui de regreso a mi silla, junto a Greta, pasándome nerviosa la mano por la boca.

—¿Cómo fue? —me susurró.

—No especialmente agradable —contesté, lo que resultaba desesperadamente minimizado.

Había pasado. No solamente el beso, sino también todo lo que alguna vez había sentido por Súper.

SEÑOR FILLER

Abrí el siguiente sobre incluso antes de que el desconocido se hubiera girado hacia mí. *Todavía tres. Todavía tres. Todavía tres.* Desde la masacre a mi propiedad intelectual, se había extendido una sorda sensación por la yema de mis dedos. Apenas si sentí la nota en mis manos cuando sobrevolé las líneas con indiferente expresión. Estuviera allí lo que estuviera, peor ya no podía ser.

Y tampoco lo fue.

Por lo menos, para mí.

—**Octavo deseo** —leí en voz alta—: Luca, pon la mano de Aline en el fuego.

MARK

El grito de Aline fue propio de una película de terror. Un largo, contenido "¡Nooooo!" resonó por todo el aula y retumbó, por lo menos con la misma intensidad, de pared a pared como antes los disparos. Se volvió hacia Luca, que estaba sentado a su izquierda aferrándose a su brazo. —¿Luc, tú no lo haces, *okay? ¿Okay? ¿Okay?* —Con cada *okay* su voz se parecía cada vez más al pitido de una caja registradora de supermercado—. ¡Luuuc! ¡Te he preguntado algo!

Pero Luc no contestó. La miró, desvió de nuevo la mirada y seguidamente se fijó en el desconocido y en su pistola, que apuntaba directamente a su cabeza. Y de nuevo en Aline, de nuevo en la pistola. *Pistola, Aline, Pistola. Aline.* Jadeaba. Se podía escuchar formalmente cómo trepidaba en su cerebro.

Ni idea de cómo hubiera actuado yo en su lugar. Él, de todas formas, respiró profundamente y se liberó de la mano de Aline.

—Suéltame —la increpó—. Súper, ¿tienes fuego?

FIONA

No podía comprenderlo. *"¡Falso, falso, falso!"*, me hubiera gustado gritar por medio. *"¡Esto no puede ser, todo es una completa equivocación!"*.

Luca y Aline estaban considerados oficialmente como la pareja más entrañable del colegio. Luca era el suave osito de peluche y Aline su completamente personal muñeca Barbie. *"La bella y la bestia"*, había escrito Aline en una red social bajo la última fotografía de la parejita seguido de tres gruesos corazones.

—¡Fuego aquí! —La voz de Luca sonó cortante y, a la vez, indiferentemente ansiosa—. ¡Pásamelo rápido, Sylvester, por favor! —No miró a Aline.

—Tú... tú no lo haces de verdad —tartamudeó Aline—, mi mano... en el fuego. —Con ojos de cervatillo, levantó su mirada hacia él. —¡Luca, yo confío en ti! —Intentó sujetarle por el hombro y obligarle a mirarla—. Luc, mírame, si nosotros... —Se detuvo. Un proyectil transparente siseó hacia ellos. El encendedor de Sylvester.

Luca lo atrapó con una sola mano.

Un casi profesional del baloncesto es capaz de hacerlo.

SEÑOR FILLER

En la Edad Media, los acusados tenían que colocar la palma de sus manos sobre una llama para demostrar su inocencia en la denominada prueba de fuego. Con los dedos quemados, el acusado era declarado culpable y podía ir ya acostumbrándose al olor del humo.

A veces, tengo la impresión de que el hombre no ha cambiado tanto en todas las épocas.

—¡Necesito algo para hacer fuego! —exclamó Luca—. ¿Tiene alguien algo?

—¡Luc!

—¡HE DICHO QUE NECESITO ALGO PARA HACER FUEGO!

No, verdaderamente el hombre no ha cambiado mucho.

MARK

La gran pregunta: ¿cómo se consigue hacer fuego en un aula de la forma más sencilla?

a) Con mesas y sillas.

b) Con pañuelos de papel.
c) Con un montón de hojas de examen cuadriculadas.

—¡No podemos encender sencillamente aquí cualquier cosa! —Fiona se había levantado de su silla. Su cara ardía de excitación y su boca estaba todavía ligeramente enrojecida por el beso. —¡Lo hemos olvidado, no podremos salir de aquí! —Con preocupación, miró de reojo hacia el desconocido—. Si se hace fuego aquí… ninguno de nosotros podrá salir.

Silencio. Nadie se atrevía a seguir argumentando, aunque seguro que había todavía una buena cantidad de razones en contra de encender un fuego para quemar la mano de Aline.

El desconocido se puso en movimiento con la pistola dispuesta.

Mi corazón cambió repentinamente el ritmo cuando pasó delante de la mesa de Fiona y mantuvo el arma a la altura de sus ojos. *Pampampampampampam.*

¡Tenía que hacer algo, distraerle rápidamente antes de que fuera demasiado tarde! Mil posibilidades traqueteaban en mi cabeza. ¿Y sí me pusiera sencillamente a cantar?

Por suerte, continuó andando dejando atrás a Greta, a Tamara, a cabeza pelada Ida-Sophie, hasta llegar al frontal de las ventanas, hasta Luca y Aline. Allí, se quedó parado.

FIONA

—Lo hago. —Las palabras salieron por si solas, sin temblar, sin gritar. Simplemente así, de la boca de Luca, a la que ahora apuntaba la pistola. —¡Lo hago! —repitió, esta vez más alto como si tuviera miedo de que el desconocido no pudiera oírle—. Lo hago, lo prometo. Sé cómo se hace un fuego. Puedo hacerlo, puedo hacerlo. ¡Por favor, no dispare!

Normalmente, Luca aturdía a toda la clase con su voz grave, pero ahora sonaba casi tan estridente como la de Aline.

El desconocido asintió.

—¡Necesitamos algo para apagarlo! —continuó Luca apresurado—. Para después… Necesitamos algo para apagar. Y papel —Miró alrededor buscando—. ¡Fiona, pásame hacia atrás las hojas del examen! Lo hago.

SEÑOR FILLER

El cálculo era más fácil que cualquier examen de mates: ¿la mano de Aline o la vida de Luca?

Me haré monitor de natación, pensé, *si salgo alguna vez de aquí con vida, me haré monitor de natación.*

¿Dónde, por todos los diablos, estaba la policía cuando se la necesita?

Fiona dudó brevemente, después se inclinó hacia delante y echó mano del montón, cayendo solamente una hoja al suelo.

Daba lo mismo.

MARK

Sencillamente, quemar toda la mierda.

Cuántas veces se me había pasado esto por la cabeza estudiando las hojas interminables de ejercicios. *Sencillamente quemarlo y solucionado.*

Ahora daba la impresión de que iba a suceder exactamente lo mismo.

Fiona le pasó las hojas a Greta, ésta las empujó silenciosa hacia Tamara y así continuó hasta que Luca, finalmente, tuvo ante sí el material para encender el fuego.

—Necesitamos agua para apagarlo después —repitió—. Y para enfriar, para la mano de Ali.

Hubiera sido mejor que no lo hubiera dicho.

Para enfriar, para la mano de Ali. Esto tenía que darle el resto a Aline.

—¡No lo permitiré! —gritó Aline y se levantó—. ¿Por qué no me ayuda nadie?

Se le habían extendido repentinas manchas rojas por su cuello. También en su escote. Era un escote profundo. —¡Por favor!

—Yo tengo algo —contesté sin responder a la mirada de Aline y revolví en mi mochila buscando la botella del agua.

SEÑOR FILLER

Miente quien afirma que la juventud de hoy desconoce cómo se hace un fuego de acampada. Por lo menos, Luca sabía perfectamente cómo conseguir un pequeño y chispeante fuego con un montón de pliegos de examen y un par de lapiceros. E incluso lo hizo habilidosamente.

Primero, cogió cada hoja por separado convirtiéndolas en bolas del tamaño de una de billar y colocándolas sobre un tablero. Puso tres de ellas en medio de la mesa. Encima colocó los lapiceros en forma de triángulo, antes de transformar también el resto de los exámenes en bolas, colocándolas arriba del todo. Todo ello lo realizó con una expresión de concentración en el rostro, movimientos y manos firmes, que únicamente le temblaron ligeramente.

¿Dónde había quedado mi clase?

¡Me hubiera gustado tanto recuperar de nuevo mi clase!

FIONA

—¡Fuego!

Un murmullo recorrió la clase cuando, de pronto, el pequeño montón de madera y papel se encontró en llamas. Era como si ahora la cosa se volviera ciertamente real.

Un auténtico, ardiente fuego.

Una auténtica, viviente mano.

Hubiera deseado esconderme debajo de mi mesa y mantener ojos y oídos cerrados hasta que todo hubiera pasado. En su lugar, me di la vuelta y, horrorizada, casi muerdo el respaldo de mi silla.

Luca atrapó el brazo de Aline, algo que sucedió muy rápido. Únicamente se había dado bruscamente la vuelta hacia ella y ya estaba sujetando su delgada, temblorosa muñeca.

Innecesario indicar que ella gritaba y se resistía como un perro rabioso. ¿Quién en su lugar hubiera reaccionado de distinta forma?

MARK

El calor del fuego llegó hasta mi sitio. Luca tuvo que utilizar toda su fuerza para poder enfrentarse al intento por escapar de Aline. En el dolor, uno pierde su humanidad. Aline chillaba y se resistía, golpeando a su alrededor, buscando aire para volver a chillar y resistirse y golpear ferozmente a su alrededor.

Pero lo peor, lo peor de todo, era el apestoso olor.

Las imágenes palidecen con el tiempo. Sin embargo, los olores se mantienen eternamente en tu cabeza como un pequeño frasco de perfume. Es suficiente olerlo un instante e inmediatamente aparecen las imágenes. Las sobresalientes venas en su frente, las pupilas dilatadas de sus ojos, el cuello de Aline, cómo se mueve de un lado a otro mientras las voraces llamas se abren paso en su piel, capa a capa…

Todavía hoy, siento nauseas en cuanto el olor del trueno llega a mi nariz.

Carne quemada.

SEÑOR FILLER

¿Cuánto tiempo le mantuvo su mano sobre el fuego? Difícil de decir, quizá un par de segundos. Dos, tres, cinco. No más, pero suficiente.

—¡Agua! —Con un fuerte siseo, el chorro de la botella de Mark se había evaporado en las brasas. El fuego había comenzado a morder el tablero de la mesa. El pánico se extendió.

—¡Agua! ¡Rápido! —Luca había soltado hacía rato a la chica que sollozaba encogida y apretándose la mano entre sus rodillas.

¿Agua?
¿Desde cuándo hay agua en el infierno?

FIONA

Rebusqué en mi mochila. Todos rebuscamos en nuestras mochilas, todos los que medianamente podían todavía pensar con claridad. —¡Deprisa! —bramó el señor Filler, algo que normalmente hacía sólo en clase de gimnasia—. ¡De lo contrario, no conseguiremos apagarlo!

Mi corazón dio un salto al descubrir la botella de agua entre los cuadernos y libros. ¡Mi buena, vieja, abollada botella para el agua!

Corrí hacia la esquina donde se encontraba el lavabo. Mis manos temblaban tan fuertemente que apenas si pude abrir el grifo. El agua me salpicó en la cara y, por fin, la botella estaba llena.

—¡Tengo algo de agua! —grité y corrí hacia la parte de atrás, donde ardía la mesa. El humo me escocía en los ojos, en la boca y en la nariz mientras vaciaba todo un litro de agua sobre las llamas.

¡Sisss!

Por un momento, pareció como si se hubiera conseguido apagar el fuego. Al instante, descubrí que únicamente había cogido aliento. ¡El tablero de la mesa seguía ardiendo lentamente y las llamas volvían a ser más altas!

Pensar ya no me ayudaba mucho. —¡Apágate, apágate, apágate! —chillé y golpeé desde abajo contra el tablero. Medio inconsciente, di patadas contra la mesa ardiendo sin darme cuenta ni del olor a goma quemada ni del ayudante a mi lado. Mark. Él me empujó, alejándome de la mesa y aplastó su cazadora de lana gruesa sobre las brasas. La cazadora estaba empapada de agua. Mark tenía que haberla empapado con anterioridad en el lavabo.

El fuego todavía se revolvió en busca de aire antes de extinguirse hasta la última chispa. Por fin.

MARK

Lo admito, lo de la cazadora no fue idea mía.

—*¡Empápala en agua!* —la pequeña me lo había gritado al oído—. *¡Vamos, empápala en agua!* —Había necesitado unos segundos hasta comprender qué quería decir. Después fui dando saltos hasta el lavabo, dejé que la cazadora se empapara de agua, volviéndose el doble de pesada, y cubrí con ella el maldito fuego. ¡La pequeña tenía una cabecita con las ideas muy claras!

—Mark... —Fiona se tambaleaba, estaba todavía más pálida que de costumbre.

La cogí de los hombros sujetándola fuertemente hasta que pudo mantenerse de pie. Mientras a nuestro alrededor se desataba el infierno, yo miraba en los ojos más bellos del universo.

—Todo está en orden. Todo está bien. No te pasará nada.

Una sonrisa diminuta. —¿Seguro que tienes hermanos pequeños, no es así? —dijo carraspeando.

—Cuatro —Pensé en mi madre—. No, en realidad son cinco.

El desconocido abrió ruidosamente la ventana. Un chorro de aire fresco entró en el aula.

Fiona se soltó. —Gracias —dijo y se fue hacia Aline—. Ven, tienes que ir hasta el grifo del agua —Una mirada a su mano. Tragó saliva—. Tienes que enfriarla inmediatamente.

SEÑOR FILLER

Tuve que esforzarme para ver con nitidez el entorno.

Las ventanas abiertas. El esqueleto de la mesa. Fiona abriendo el grifo. Aline sostenida por otros. Expresión nublada de su cara, blanca como la cal. Estaba bajo *shock*.

¿Estaba yo también bajo *shock*?

Todo mi cuerpo se sentía como si alguien me hubiera echado hormigón encima. Por el tabique de la nariz, me resbalaba el sudor.

Sin embargo, cuando el desconocido apretó la pistola contra mi nuca, supe inmediatamente qué esperaba de mí.

—**Noveno deseo** —leí en voz alta—: Hugo tiene que morir.

MARK

Naturalmente, primero fue aquel umbral de inhibición.

No se rompe nada. No se hace daño a nadie. No intencionadamente y menos aún si alguien está mirando. Pero donde menos, menos, ante los ojos de un profesor.

Sí, bueno, pero un tipo armado como aquel cambiaba un poco el estado de las cosas. Después de todo lo que había sucedido, ya no era un problema para ninguno demoler conjuntamente la cosa.

A algunos incluso les divertiría.

SEÑOR FILLER

Entonces yo mismo había traído a Hugo cuando dimos la Edad de Piedra. Recién salido de la Uni, lleno de buenas intenciones, hacer la historia cercana y cosas así. Hugo era nuestro Ötzi. El homo-sapiens de la Edad de Piedra, un entramado de huesos de plástico. A los alumnos se les permitió incluso vestirle con todo lo que daba de sí la moda de la Edad de Piedra. Auténticas armas, auténtica piel. Por cierto, fue bien aceptado por la comisión de evaluación.

Con el paso del tiempo, hacía años que estaba en la esquina lleno de polvo, con su hacha de mano y su larga lanza. Pero, en gran parte, todavía intacto.

Hasta que ese loco asaltó nuestra clase y nos permitió destruirle con nuestras propias manos.

FIONA

Comenzó con una patada de Sylvester a Hugo. Ni siquiera necesitó levantarse, sencillamente estirar la pierna y golpear con el pie hacia atrás. Él estaba sentado directamente delante. El esqueleto chasqueó, el taparrabos de piel resbaló hasta el suelo. Ahora, Hugo estaba desnudo de cintura para abajo. Incluso doblemente desnudo, sin ropa y sin piel. Una imagen patética.

El enmascarado disparó al aire.

Del susto, casi salto hasta el techo y, dando un chillido, Tamara resbaló de su silla.

—*Okay, okay!* ¡Lo hacemos! —Como si con esto se hubiera roto el dique, varios alumnos se levantaron y se lanzaron contra Hugo. Fabio y Luca siguieron inmediatamente a Sylvester en cuanto él se dio la vuelta mirando hacia ellos. Incluso Mark abandonó su esquina para participar. Inicialmente, vacilante, después más decididos, tiraron de sus brazos y piernas, patearon contra los huesos. ¡Qué espectáculo más grotesco!

MARK

¿La violencia no es una solución?

Pienso que depende de los problemas. En ocasiones, la violencia es una solución. Naturalmente, no la mejor. Frecuentemente, incluso es una mala. Pero, sin duda, es una solución.

Mi ira, mi miedo, mi intranquilidad durante toda aquella larga espera, todo eso salió de mí como agua impulsada por una bomba. ¡Y qué bomba!

Mientras yo propinaba, golpe a golpe, un final al destino de Hugo, el hombre de las cavernas, en mí mismo se iba extendiendo una relajación como yo con anterioridad nunca había sentido.

Puñetazo contra las costillas. *¡Fuera contigo, miedo!* Gancho a la mandíbula. *¡Fuera contigo, ira!* Patada en la entrepierna. *¡Terminaré con vosotros dos!*

Cada golpe era una pequeña victoria contra la pasividad. Cada golpe era liberación. Machacar a Hugo era un placer.

Cada vez más compañeros se unían a mí: Jan cual luchador de sumo enloquecido, David y Jill uniendo sus fuerzas, Lasse con las mangas de la camisa arremangadas hasta arriba, Fabio no menos decidido con una sola mano, Svea, la lanzadora de cuchillos, Ida-Sophie con la cara embadurnada por las lágrimas, incluso Tamara se había levantado en cuanto el desconocido se movió hacia ella.

Juntos, golpeamos contra Hugo. Pronto tuvimos que tener mucho cuidado para no golpear los puños de los otros. Tirábamos y arrastrábamos de sus extremidades, golpeábamos con una ira salvaje contra sus costillas y estallábamos en un griterío triunfal en cuanto otra parte de su cuerpo caía ruidosamente al suelo.

Alguien se reía. ¡El desconocido!

¿O era yo?

FIONA

Desde el lavabo, yo observaba mientras el grifo continuaba abierto. Incluso Aline pareció que, por un momento, se sentía liberada de sus dolores. Miraba con la boca abierta a la calavera en las manos de Sylvester.

Excepto Greta, nadie se había mantenido sentado en su sitio, todos golpeaban como locos contra el esqueleto sonajero. Era como en una de esas modernas obras de teatro que mis padres encontraban fantásticas y mi hermana insoportables.

Caras desencajadas.

Gritos alocados.

—¡Basta! —El señor Filler pareció escucharme—. ¡Por Dios, ya basta!

De Hugo no quedaba más que un montón de huesos.

SEÑOR FILLER

Quedaba solamente un sobre.

Reuní todas mis fuerzas, las que todavía me habían quedado. Muchas no eran, las justas para pescar el último sobre en un mar de papeles. *Diez*. El número tenía algo de definitivo en sí mismo, algo de concluyente. En ese momento, me venía absolutamente bien. Pasé los débiles dedos por el borde del sobre y continué a lo largo de su apertura. *Todavía un último ejercicio.*

MARK

Nunca hubiera pensado que la expresión del rostro del señor Filler pudiera volverse aún más sombría.

Aunque *sombría* es, en realidad, una palabra equivocada. Desencajado, completamente desencajado, lo describe mejor. El señor Filler abrió la boca, la cerró de nuevo, emitió un sonido gutural y volvió a mirar fijamente la hoja.

No, no la leyó.

Una mirada hacia el desconocido. ¡Esto no lo dices en serio!

Implacable, él le devolvió la mirada. Como el señor Filler no reaccionaba, le dio un empellón con el cañón de la pistola.

Claro que lo decía en serio.

El señor Filler bajó la cabeza. Una y otra vez, sus pupilas seguían las líneas. Me pareció como si cada vez palideciera más.

—¡Hágalo de una vez! —ordenó Súper.

El sol brillaba en la ventana.

El señor Filler tragó saliva.

—**Décimo deseo** —dijo apenas perceptible—: Haced lo mismo con Sylvester.

FIONA

El silencio se mantuvo durante un momento. Un silencio absoluto, únicamente el agua del grifo continuaba chapoteando. Un sonido solitario en un espacio lleno de figuras de cera.

Haced lo mismo con Sylvester.

Mi mirada se deslizó sobre los huesos en el suelo, vértebras cervicales, maxilar inferior, huesos de los brazos, huesos de las piernas, muchas, muchas costillas… Algunas todavía casi intactas, otras rotas, astilladas en varios puntos.

Me sentí mal.

Sylvester tampoco parecía sentirse especialmente bien en su piel porque dejó caer la calavera como si fuera la suya propia.

—Stop —dijo—. ¡Stop! ¡Tranquilidad! —Su respiración seguía estando acelerada. Levantó los brazos—. No lo haremos. ¿Está claro? Nosotros. No. Hacemos. Eso.

MARK

Silencio.

El fémur pesaba en mi mano.

—¿Por qué has dicho eso? —preguntó Fabio—. ¿No nos crees capaz de algo así?

—*No way* —aseveró Sylvester—, yo solamente quería…

—¿Estar seguro?

—Sí. No, ¡No! ¡Naturalmente que no! —miró al suelo—. Únicamente pensé… —Su mirada se quedó pegada a la calavera.

—¡Él lo considera posible! —Excitado, Luca se pasó la mano por el pelo—. Él lo considera efectivamente posible, ¡yo no lo creo! —Tenía pegados rastros de hollín en su frente—. ¿Sabes, en realidad, cuántas veces hemos arriesgado nuestra cabeza por ti? ¡Cobarde!

El desconocido se acercó, el arma preparada.

Yo no me moví.

—Él tiene razón, eso es absurdo —Svea alzó ofendida sus cejas. Una costumbre que había tomado de Ida-Sophie—. *Okay*, con Hugo no importaba, pero…

El desconocido se acercó un paso más.

—Tampoco sería una pena con cobardes. —Luca, el mejor amigo de Sylvester. Su voz temblaba. El desconocido se encontraba directamente a sus espaldas.

—¿Qué quieres decir con eso? —gruñó Sylvester.

—Nada. Solamente que la gente valiente no tiembla delante de sus propios amigos.

Sylvester le agarró por el cuello. —¡Yo no soy cobarde! —siseó—. ¡Únicamente porque yo sea aquí el único que tenga un poco de cerebro!

Torpe, tremendamente torpe.

Luca se soltó y le empujó brutalmente contra la pared. —¿Sí? ¿Piensas así?

—¡Bien, si eres tan listo, quizá entonces tenías razón! —Fabio le dio una patada a la calavera que fue a parar a los pies de Sylvester—. ¡Quizá deberíamos hacerte lo mismo que a él!

—¿Qué? —Sylvester retrocedió y casi tropieza con una costilla.

—¡Eres un cerdo! —vociferó Luca—. ¡Cómo puedes pedirnos que nos dejemos matar por ti!

SEÑOR FILLER

Se lanzaron sobre él. Todos, no solamente Luca y el herido Fabio. Ellos dos fueron los primeros en ponerse en movimiento, detrás le siguieron Jan, David, Jill, Svea, Isa-Sophie, Tamara, Mark y, atrás del todo, el desconocido. Como un pastor que conduce a su rebaño.

Greta hundió la cabeza entre las manos mientras que yo esperaba inútilmente a Winnetou.

FIONA

Una obra de teatro.

"Y… ¡por favor!", exclama el director y todos se ponen en movimiento, los ejecutantes se ponen en marcha, la víctima mira completamente angustiada. *"¡Socorro!"*, grita, *"¡No me hagáis nada!"*. Sin embargo, los villanos no tienen ninguna compasión, no ceden, ¡ya están sobre él! Un líquido amarillento, que el actor se ha sujetado entre las piernas, se extiende por el escenario. Primero amarillento, después rojo. El director está satisfecho *"Wow"*, piensa, "¡qué auténtico!".

Sí, qué auténtico.

Sobre mis dedos, goteaba el agua. Seguía manteniendo sujeta la mano de Aline. La mía fría, la suya caliente.

Muy caliente. Me pregunté qué hacía yo allí, qué papel interpretaba o si no estaba solamente sentada entre el público. Quizá también fuera el director, únicamente tenía que exclamar "¡Graaacias!" y todo estaría bien. ¿Pero por qué temblaban tanto mis manos?

Atrás del todo, en el grupo, Mark se abría paso. Empujaba para llegar hasta delante, fuera del alcance del desconocido, para acercarse a Sylvester y hacer con él lo mismo que con Hugo.

Lo mismo que con Hugo.

—Mark —dije con voz ronca y tan bajo que era imposible que él lo oyera—. ¡Mark! ¡No!

MARK

Ya no me acuerdo por qué me giré. La realidad es: yo me giré y me quedé mirando fijamente a la cara de Fiona. Se encontraba junto al lavabo, con las manos en el agua, movió los labios como queriendo decir algo.

No la entendí, nada extraño con el ruido a su alrededor. Pero no podía evitar sus ojos. Esos increíbles ojos verdes, enrojecidos por el fuego. Ojos que gritaban.

Y, de pronto, supe qué es lo que se debía hacer.

SEÑOR FILLER

Mark golpeó, con el fémur como una porra, exactamente bajo la punta de la barbilla. Como un relámpago se había dado la vuelta, había cogido impulso y ¡ZAASS!

Mark Winter, precisamente Mark Winter. Para lo que a mí me había faltado el valor todo el tiempo, él, sencillamente, lo había hecho.

El desconocido se tambaleó, tropezó y cayó de espalda sobre el tablero de una mesa. No gritó.

Ida-Sophie sí —¡Mark, qué has hecho!—. Toda la tropa se alborotó.

—Este es el enemigo —jadeó Mark—, no Sylvester. También él había perdido el equilibrio a causa del violento golpe, golpeándose contra una mesa y poniéndose de pie rápidamente al descubrir al desconocido a su lado. Como un terrier rabioso se lanzó contra el negro monstruo intentando, sin éxito, arrebatarle la pistola.

Unos instantes más tarde, los dos terminaron entrelazados en el suelo, un amasijo confuso de brazos y piernas, negro y color.

MARK

Adrenalina.

Si te preguntas bajo qué circunstancias serías capaz de realizar algo peligroso, ésta es la respuesta.

Una luz ardiente, deslumbradora, bailó ante mis ojos, mi cerebro se había dado de baja completamente. Yo únicamente seguía mis instintos:

Esquivar.

Rodar, separándome de él.

Golpear.

Utilicé como arma todo lo que el cuerpo humano ofrece; sí, era incluso como si muchas partes adquirieran ahora un sentido. Mis codos habían sido solamente creados para embestir en el estómago del desconocido. Mis pies únicamente para dar patadas. Mis manos únicamente para estrangular. Incluso llegué a hundir mis dientes en el tejido negro, aunque no me proporcionara nada más que una boca llena de pelusas.

No había nada para lo que yo me sintiera demasiado valioso. Encajé golpes y no los noté, había perdido tanto mi miedo como mis escrúpulos.

Yo no era ya Mark.

Yo era *adrenalina*.

SEÑOR FILLER

Nadie estaba tan loco como para participar en el caos. Era como una de esas peleas bárbaras de gallos en EE.UU., una impresión que fue aumentando porque los demás se mantenían a un lado como si hubieran echado raíces y seguían lo que sucedía a una distancia segura.

En realidad, me tendría que haber preocupado porque no dejaba de ser uno de mis alumnos el que se encontraba en una lucha cuerpo a cuerpo con un loco armado que intentaba, alternativamente, estrangularle o matarle a tiros. Y, aun así, no podía más que sorprenderme. Sorprenderme de que aquel pequeño bastardo mostrara mil veces más parecido con un héroe que yo.

Hábilmente, cargó su peso contra el brazo derecho con la pistola para impedir que el desconocido le descargara una bala en la garganta a cortísima distancia. Varias veces intentó arrancarle la máscara de la cara y recibió una fuerte patada en la entrepierna.
—¡Cobarde! —Mark gritó y golpeó con la cabeza contra el guante del desconocido. Se oyó un apagado sonido al embestir el duro cráneo de Mark contra la muñeca del desconocido.

FIONA

De pronto, se escapó un tiro que, como un latigazo, pasó por encima de las cabezas, atravesando la sala y haciendo añicos el gran cristal de la ventana.

Muchos de nosotros gritamos.

La pistola pasó por debajo de una mesa, resbalando por el linóleo. Precisamente la de Mark.

Los dos se lanzaron hacia ella al mismo tiempo. Mark golpeó con la frente contra una pata de la mesa y la sangre corrió por su cara.

Nada bueno.

En absoluto bueno.

Los gritos enmudecieron. A ciegas, Mark tanteó bajo la mesa hacia la pistola, pero se encontraba todavía muy alejado de ella.

La pequeña.

La pequeña no estaba lejos de la pistola. Continuaba acurrucada bajo la mesa de Mark. Cómo podía haberla olvidado. Con dedos temblorosos, buscó la pistola y apareció con ella de debajo del tablero.

El desconocido se apoyó en una silla para levantarse.

—¡Tíramela! —exclamó Mark—. Rápido, ¡tírala hacia mí!

La pequeña no reaccionó, únicamente miraba fascinada el arma en sus manos.

—¡Arrojar! —bramé.

Y, por fin, apareció vida en el pequeño cuerpo, tomó impulso y arrojó el arma con todas las fuerzas que podía en dirección a Mark.

SEÑOR FILLER

Hay muchas cosas que las chicas saben hacer mejor que los chicos. Buena caligrafía, memorizar cosas, multitarea... Únicamente hay dos cosas que consiguen definitivamente peor: orinar a cielo abierto y lanzar cosas.

En lugar de hasta Mark, el arma voló al techo del aula donde golpeó con un apagado *"¡bum!"* y cayó como una piedra al suelo, en picado.

El desconocido necesitó solamente dar un único paso para apoderarse de ella.

MARK

Mi cabeza tronaba horriblemente. Hundí los dedos en el pelo y levanté lentamente la mirada hacia el desconocido.

Allí estaba él, *el enemigo*, la pistola de nuevo firmemente en su mano. Quedaba oculto bajo su máscara lo grave que le habría afectado la pelea, si estaba herido.

—Lo siento —sollozó la pequeña, todo está mal por mi culpa. ¡Lo siento!

Por mis mejillas se deslizaba un reguero caliente. Había gotas rojas sobre mi camiseta. Quizá solamente me sangraba la nariz como cuando era pequeño. Intenté agudizar de nuevo la mirada.

—Tíos, ¿no habéis visto lo que hay que hacer con enemigos? —gruñó Jill en voz baja—. Hay que *luchar* contra ellos.

Sylvester se irguió.

FIONA

¿Había deseado que Mark se lanzara sobre él? ¿Le había querido decir eso?

No lo sé. Lo cierto es que me sentí enormemente aliviada al ver que la jauría, que había sido mi clase, se desentendía de Sylvester. No porque él me importara algo, sino, sencillamente, porque se sentaba a mi lado en mates, porque le conocía, porque era una persona y porque no quería ver cómo moría.

¿Y ahora?

Ahora, se encontraban enfrentados: el desconocido contra el resto del mundo. El tipo de la pistola contra la jauría del mazo.

Todo en mí se había tranquilizado completamente. De pronto, ya no tenía miedo de la muerte; en su lugar, pensaba seriamente en darme la vuelta y participar, apoyar a los demás, aunque tampoco tuviera idea de cómo.

Por primera vez, éramos verdaderamente *una clase*.

SEÑOR FILLER

Greta se puso de pie bruscamente, precisamente cuando parecía que los dos frentes iban a lanzarse uno contra el otro.

—¡Alto! —gritó—. ¡Alto! —Todos se giraron hacia ella. Incluso el desconocido pareció sorprenderse.

Greta respiró profundamente. —Tengo una pregunta— dijo con la mirada puesta fijamente en el desconocido—: ¿Por qué la máscara?

Silencio.

¿Es que había perdido la cabeza? Era la pregunta más estúpida, más estúpida de todos los tiempos y eso, en Greta, ya decía algo. ¿Por qué la máscara? Sí, en realidad, por qué. ¡Naturalmente, para que no se le reconociera!

—Tú no quieres ser reconocido —continuó Greta—, por esos los sobres con las notas. Tú has pensado todo muy detenidamente, sobre todo el no ser desenmascarado por nadie. Pero, si de todas las maneras, tú mueres —dudó—, ¿no da lo mismo?

Contuve la respiración, todos contuvieron la respiración. ¿Tenía eso un sentido?

FIONA

—¡Ella tiene razón! —Me había acercado. De mis manos, todavía goteaba el agua—. ¡Si verdaderamente tú querías morir, entonces no necesitas una máscara!

Sin pensarlo, me precipité hacia la pizarra y comencé a borrar con la manga lo escrito. —Tú no quieres en absoluto morir. Tus últimos deseos son venganza, nada más.

Silencio.

El desconocido miraba fijamente a la pizarra donde ahora únicamente se podían ver un par de manchas negras. Después me miró a mí, apuntó con la pistola a mi corazón y contestó.

Y contestó.

¡Él contestó!

¡El desconocido habló por primera vez!

MARK

Tres cosas eran las que a mí me dejaron perplejo:

1) Nosotros continuábamos vivos.
2) El desconocido habló…
3) … con la voz de una mujer.

—Yo no quiero ninguna venganza —dijo el desconocido que no era un *él*—. Yo quiero justicia. Una vez, por lo menos.

Su voz sonaba apagada a través de la máscara, como cuando uno habla desde detrás de una ensaladera. Sonaba joven, más como la voz de una chica que como la de una mujer. Y dura, más como la de una mujer que como la de una chica. Ambas me resultaban conocidas. La chica, la mujer. Distorsionada, ciertamente, como si alguien hubiera grabado su voz y después la hubiera pasado por un par de teclas, pero claramente familiar. Inquietantemente familiar.

¿Quién eres? ¿Qué buscas ocultándote detrás de la máscara?

SEÑOR FILLER

Me había equivocado: El cuerpo extraño no era ningún cuerpo extraño. El cuerpo extraño era una chica, ¡nada más!, y me resultaba conocida. Inquietantemente conocida, aunque en ese momento no pudiera decir de qué.

Yo era el único que todavía se mantenía sentado en su lugar. Delante, ante el atril del profesor, en medio de recortes de papel, a varios metros del atril de los alumnos, como debe ser. A los alumnos no les gusta en absoluto que uno se inmiscuya en sus conversaciones, según la divisa: "*¿Qué, preparando el examen de mates?*". Entonces, bajan la mirada, contienen la risa, balbucean como los últimos idiotas. Y apenas si te has dado la vuelta, ya estás oyendo el cuchicheo a tus espaldas. No, muchas gracias.

Estaba acostumbrado a mantener distancia, ahora seguía manteniendo distancia y ese era el problema. Porque así no pude impedir que Sylvester alargara la mano y le arrancara a la chica la máscara de la cara.

MARK

No quiero decir quién era.

Era eso, una chica, no mayor que yo. Pelo castaño, sin maquillaje, las mejillas enrojecidas por las muchas

horas debajo de la máscara. Su mentón estaba ligeramente hinchado por uno de mis golpes, pero no sangraba. No era ni especialmente guapa ni tampoco fea, eso, normal, como la mayoría de mi edad. Había abandonado la escuela hacía medio año. Hasta entonces, se había sentado a mi lado en mates.
Se había sentado a mi lado en mates.

SEÑOR FILLER

Ese día se cometieron muchos errores, pero ninguno fue tan funesto como arrancarle la máscara a la chica.

La reconocí inmediatamente.

Todos la reconocieron inmediatamente, la chica lenta de la última fila. Se había sentado al lado de Mark, tan callada que apenas si llamó la atención cuando en algún momento dejó de estar allí. Se había ido sin terminar el curso, quería hacer una formación profesional como cuidadora de ancianos. Habíamos hablado de ello, ella y yo. Ella ya no se encontraba a gusto en la clase, había dicho. Y que, en realidad, quería hacer algo distinto. Sin números ni exámenes.

Fueron las típicas palabras superficiales de escolar a las que yo había reaccionado con las típicas palabras superficiales de profesor.

Yo había supuesto que con ello la cosa quedaba aclarada.

MARK

Durante una corta eternidad, ella se quedó sin hacer ni decir nada, mirándonos fijamente, a uno tras otro, la pistola en la mano. Yo estaba sorprendido de lo normal que parecía. No había ningún destello loco en sus ojos, ninguna boca con un rictus de brutalidad. Solamente una chica sudorosa, respirando algo pesadamente.

Mi vieja vecina de mesa.

La lenta, la que siempre miraba algo tímidamente y, por eso, en ocasiones era objeto de las burlas de Ida-Sophie y de la clique del supertío.

En realidad, ¿se habría ella burlado alguna vez de alguien? No podía recordarlo.

Por otro lado, con quién iba a poder hacerlo.

Ella era eso, distinta.

—Quizá tenías razón, Fiona —dijo—. Quizá yo no quería verdaderamente morir. Pero ahora...

Y buscó una última vez en su bolsa, introdujo la pistola en la boca y disparó.

FIONA

Una cabeza cayó sobre mi pie.

Una dura, redonda cabeza con una peca junto a la nariz.

Una cabeza añadida a un cuerpo.

No grité.

La sangre alrededor de la cabeza se extendió. Roja oscura, muy líquida, un gran lago caliente y, en medio, mi pie. Ahora sí grité, o quizá no era mi voz.

Beckie, ése era su nombre.

Beckie.

¡Todo, absolutamente todo, era falso de que ella era ese cadáver! No la chica que yo había conocido, que me había apoyado en la habitación del hospital cuando me rompí el dedo gordo del pie en la puerta del sótano para las bicicletas. Que había tenido padres y sueños.

Que había exigido la muerte de un compañero de clase.

Mi respiración se alteró. Me había arrodillado. Sangre se filtraba en mis *jeans*. La sangre de Beckie en mis pies, en mis rodillas, en mis manos.

El señor Filler corrió hacia mí, preguntándome algo, agitándome por los hombros. De nuevo, me preguntó y le contesté en una mezcla de arcadas y sollozos. Me apartó a un lado.

Apenas si conseguí sujetarme a una mesa cuando la tierra comenzó a girar millones de veces más rápida de lo habitual. Me sujeté fuertemente a una pata de la mesa, cerré los ojos y esperé

y esperé

y confiando que, por fin, el mundo se detuviera.

SEÑOR FILLER

El caos era indescriptible. De sollozos a gritos hasta entrecortadas palabras, todo estaba representado.

Fiona encogida en el suelo con los pantalones ensangrentados.

Jill vomitó una segunda vez.

Luca lloraba.

Di un paso hacia el cuerpo de la escolar y coloqué mi chaqueta sobre ella. *No mirar hacia ella. De ninguna manera, mirar hacia allí.*

—Hemos sobrevivido —intenté de alguna manera recuperar mi voz—. Hemos sobrevivido al intento de amok y ahora únicamente tenemos que esperar hasta ser liberados.

Habíamos sobrevivido. ¿Puede haber palabras más grandes?

De todas formas, funcionó. Los alumnos se fueron tranquilizando. Incluso Lasse corrió hasta la ventana para mirar qué hacían las fuerzas de rescate.

En el mismo momento, Mark me tiró de la manga.

—Señor Filler —dijo—. Ahí hay todavía un sobre.

En su boca, sonó como burla.

MARK

El sobre se encontraba medio tapado por la chaqueta del señor Filler. Ella tuvo que haberlo sacado de la bolsa inmediatamente antes de su muerte.

—¡Ahí, mira! —La niña me lo había señalado precisamente cuando yo quería ir hacia Fiona.

Un último sobre.

—Creo que sería mejor no abrirlo —dijo el señor Filler con voz ronca.

Fiona levantó la cabeza. —Lea. Usted. En alto. —Sonó como una orden.

Y, efectivamente, así fue entendido porque el señor Filler apretó los labios y tiró del sobre hacia fuera.

Incluso Aline dejó por un momento de sollozar.

El señor Filler rasgó el sobre y sacó una hoja de papel escrita por ambas caras. Esta vez, escrita a mano. Eso era nuevo.

Arrugó la frente y comenzó a leer.

LA CARTA

Queridos vivientes:

Si leéis estas palabras, posiblemente a mí me vaya mejor que a vosotros. Mejor que desde hace tiempo, hurra. Así que no necesitáis compadecerme. Ahorraos la compasión para vosotros mismos.

¿Sabéis, por cierto, lo que yo hago bien?
 Algunos de vosotros se maravillarán de que yo sea capaz de algo, excepto de robar y ser fea y gandulear. Durante mucho tiempo, yo misma estaba convencida de no ser capaz de nada.
 Pero ahora lo sé: observar. Eso puedo hacerlo bien. Si este no fuera mi último día, seguro que me iría al servicio secreto. Ahí sería un as.

Y no tengo mejores ojos que vosotros, seguro que no. Solamente que yo observo, esa es la diferencia. Yo veo lo que veo. Vosotros únicamente miráis estúpidamente y lo explicáis todo según os interesa.

Como Greta que opina que si se habla con el señor Filler, todo irá bien. Fui demasiado estúpida escuchándote, Greta.
 Como Tamara y Jan, caminantes miserables, pero excelentes aduladores en el trayecto. Creéis más lo que otros os dicen que a vuestros propios ojos. De tal forma que ni

siquiera reconocéis las consecuencias de vuestras apreciaciones; vosotros, peces ciegos.

Como Ida-Sophie que únicamente se ve a sí misma, a sí misma y a sí misma y cree saber quién soy yo. Qué soy. Cómo soy de tonta. Cómo de aburrida.

Como Lasse, que únicamente ve la ventaja para él y se apropia de dinero y de su derecho, aunque esté equivocado. Yo nunca he robado, pero gracias a ti, Lasse, he odiado por primera vez.

Como Jill, que me ha machacado solamente para no tener que ver lo machacada que ella misma está. Y como David, que para ambas está más ciego de lo que se puede estar.

Como el señor Filler, que tiene más ojos para su trabajo de doctorado que para todos sus alumnos juntos. Yo confié en usted, señor Filler.

Como Fiona que adora a todo aquel que haga de mi vida un infierno. Deberías haberte fijado mejor. Entonces quizá no hubiera sucedido todo esto.

Como Aline, la dulce reina de la mentira. Nadie vive más alejado de la verdad que tú. Y, además, pones la mano en el fuego de que es cierto.

Como Sylvester y Luca y Fabio. Desconozco qué es lo que vosotros habéis visto en mí, pero tiene que haber sido algo horrible. Algo repelente, asqueroso, algo con lo que no se puede tener ni rastro de compasión. Porque, de lo contrario, no lo hubierais hecho, ¿no es así? Porque, de lo contrario, tú, Sylvester, no hubieras ido a parar a esa idea, de todas todas, repelente, asquerosa y despiadada...

Por cierto, Sylvester, tú estabas guapo, ¡lo tengo que admitir! Esos ojos… la locura.

Tú lo sabes: en la oscuridad no se ven tus ojos. En la oscuridad, no eres nada más que un cuerpo que produce sufrimientos a otro cuerpo.

No quiero echaros la culpa. No toda. Al final, yo misma lo he visto tan poco claro como vosotros. No he encontrado ninguna salida más en todo lo negro y negro y negro con mucho gris. Y cuando comprendí que eso era mi vida, negro y negro y negro con mucho gris, entonces solamente quería salir. Salir de la escuela, salir de la calle, salir del mundo.

Posiblemente, vosotros hubierais preferido que me hubiera arrojado desde el puente sin más. Y os vais a reír: exactamente eso es lo que inicialmente me proponía. Desde la antigua Bahnstrasse cayendo hacia el Waldweg. Casi dos horas estuve allí arriba mirando e imaginándome cómo reaccionaríais vosotros. "¿Qué, que ésa se ha quitado la vida? ¡Qué horror! Bueno, siempre estaba de alguna forma depre…".

Haríais como si tuvierais que estar un poco bajo shock, refrescaríais un par de recuerdos… sería todo. Me habría ido. Y nunca, nunca, nunca nadie os exigiría responsabilidad alguna.

Pero ese favor no os lo voy a hacer.

"Los suicidas son unos flojos y los atacantes de amok unos idiotas". Eso lo dijiste tú de pasada, Mark, cuando vimos el estúpido documental informativo antes de las vacaciones. Y eso lo volví a recordar al estar allí arriba en el puente y el abismo se hacía cada vez más profundo. Entonces supe qué tenía que hacer. Claro como el cristal, vi cómo yo os abría los ojos, a uno tras otro.

Por eso yo no soy ninguna suicida y tampoco ninguna atacante de amok. En realidad, yo no soy más que un cartero.

Cs,
Beckie

PS: No, mamá, tú no eres culpable. Y tú, papá, tampoco. Da lo mismo la tontería que os cuenten. Lo que he hecho hoy fue exclusivamente idea mía. Y que, con ello, os haría daño a vosotros dos fue el único motivo por el que he esperado tanto tiempo.

Ya solamente el pensar que estáis sentados en algún despacho tapizado de verde y sois maltratados compasivamente por algún psicólogo de la policía, me causa un malestar tan grande que quiero vomitar. Se os entregará esta carta, esta carta que estoy ahora escribiendo y no tengo ni idea de qué más debería escribir, qué haría mejor.

En pocos segundos, cerraré el sobre y me lo llevaré conmigo, desayunaré una última vez con vosotros, sorberé mi café, quizá algo más callada que de costumbre, y después... sí, después lo haré.

Lo siento.

Mamá, papá, sé que nunca podréis verdaderamente comprenderme, pero esto si tenéis que comprenderlo: lo siento infinitamente.

FIONA

El señor Filler bajó la hoja. Callaba.
Nosotros callábamos.
Beckie callaba.
La luz del techo se reflejaba en la hoja, artificialmente blanca en un rojo artificial y, lentamente, el silencio se convirtió en ruido.
—Quiero irme de aquí —dijo Ida-Sophie.
—Sí, cierto —dijo Tamara.
—Yo también —dijo Jan.
Transcurrió una eternidad.
—De alguna forma… ella no era ningún enemigo —murmuré.
Alguien acarició mi mano.
Con su mano.
Y entonces la puerta fue derribada y nosotros regresamos.

MARK

Sí, todavía existía el mundo fuera. Algo que resultaba bastante sorprendente. No me hubiera sorprendido demasiado si todo aquello no hubiera sucedido, engullido por el Universo o barrido por alguna gigantesca ola.
En su lugar, una tormenta de *flashes* cayó sobre nosotros apenas salimos por la entrada principal. Fue drásti-

co. Mientras éramos obligados a estar sentados arriba, el tiempo aquí abajo había seguido corriendo. La totalidad de la escuela había sido evacuada, los escolares habían sido recogidos por sus padres. Incluso había carpas con psicólogos y asesores espirituales. Por lo del *shock*.

—Mark Winter, no sabes cuánto me alegro de verte. Veros a todos vosotros. —Era el director, el señor Knobloch, con su gran paraguas negro. El mismo director que, furioso, hacía una semana me había confrontado con la cachimba en mi taquilla. Las bolsas bajo sus ojos parecían cinco veces más grasientas que de costumbre, tenía lágrimas en los ojos. Eufórico, se dio la vuelta hacia las muchas personas detrás del cordón de seguridad. Profesores, padres, otros escolares... —Todos han regresado —anunció radiante—, todos han sobrevivido.

Aplausos, gritos de alegría, policías frenéticos que intentaban mantener a los padres detrás del cordón de seguridad.

Automáticamente, me pregunté dónde estaban los padres de Beckie. Naturalmente, no estaban allí. Posiblemente, estarían sentados en casa delante de la radio y se hacían cruces porque su hija ya no iba a esa escuela donde la tragedia había tenido lugar.

Intranquila, la niña tiraba de mi mano. Señaló al otro lado de la calle y reconocí a mi madre entre las fuerzas de rescate. Dora Winter. Daba la impresión de estar más delgada y cansada que de costumbre. Al descubrirme, levantó la mano. *¡Mark!*, formaron sus labios, *¡Mark!*

Me detuve.

Me había abalanzado contra personas, había destruido la obra de toda una vida de mi profesor, había presenciado cómo alguien moría. ¿Qué hacía yo en casa de mi madre?

Sorry, mamá. Tu hijo ya no existe.

También Fiona se había detenido. Caminaba a nuestro lado, algo que no había llamado mi atención. A pesar de la lluvia, llevaba la cazadora sobre el brazo y el bolso marrón de correas atravesado estrechamente contra el pecho.

Mi mochila seguía estando arriba. De alguna manera, tenía la sensación de no necesitarla más.

Pensativo, examiné a la vieja señora que me esperaba al otro lado, la niña a mi lado, mi ensangrentada frente. —Tú tampoco vuelves, ¿no?

Fiona seguía viva, eso estaba bien. Su pelo corto serpenteaba en finos, pequeños rizos alrededor de su cara. Seguía estando tremendamente pálida pero, de alguna manera, le favorecía.

—No —dije y—: Adelántate, voy enseguida. —Mi voz sonaba áspera. Tenía dolor de cabeza.

—Está bien —contestó—. Pero no te tomes demasiado tiempo —Con un dedo, me golpeó ligeramente contra la frente—. Esto no tiene buen aspecto.

Intenté una sonrisa animada lo que, claramente, fracasó y me sentí aliviado al verla alejarse para unirse a las fuerzas de rescate.

El cielo seguía estando gris como hormigón pero ya sólo lloviznaba muy suavemente.

—Perdón, ¿no quiere acompañarme?, me gustaría echarle un vistazo a la herida de la cabeza…

Necesité un momento hasta darme cuenta de que era yo al que se refería el sanitario. *Por primera vez en tu vida, eras tratado de usted.*

—Sí, claro, gracias. —Estaba tan perplejo que obedecí inmediatamente.

Los demás se acercaban ya lentamente hacia la carpa, como en la Tierra Media. Difícil decir quién había ganado hoy.

Les seguí tambaleándome.

El señor Filler me pareció inusualmente delgado, así, sin las hombreras. Jill tenía un aspecto como de un vampiro que termina de saber, que sí, que es mortal e Ida-Sophie se sujetaba la rapada cabeza con ambas manos. Sin embargo, la mayoría daba una impresión simplemente como Tamara, completamente inexpresivos, con la mirada vacía.

Posiblemente, nunca antes fuimos tan libres como en aquel momento, nunca tan desnudos.

Y llegamos. Alguien se puso a curarme la frente, otro retiró con gesto preocupado el vendaje de la mano de Fabio. La pequeña se separó y siguió a Fiona en la carpa.

—Nele —la oí decir—, me llamo Nele.

Bien.

Ahora ya sabes lo que verdaderamente sucedió.

Ha transcurrido bastante tiempo hasta que pudimos contarlo.

En parte, vino bien.

En parte, dolió.

Partes apenas si pueden ser expresadas con palabras.

Bien y ahora, de pronto, la historia ha concluido. Lo que pensamos, lo que hicimos…

Lo que queda.

Lea-Lina Oppermann nació en Berlín (1998), ha estudiado Oratoria y Pedagogía de la Comunicación. Escuchar historias, leerlas y vivirlas la llevó a escribir sus propias narraciones. Su debut como escritora, "Lo que pensamos, lo que hicimos", ha sido una sensación y premiado, entre otros, con el *Hans-im-Glück-Preis* de Literatura para Jóvenes.